FORA DE CENTRO

Eduardo Leonel

FORA DE CENTRO

"Amar é entregar-se. Quanto maior a entrega, maior o amor."

Fernando Pessoa

"Não ser devorado é o objetivo secreto de toda uma vida."

Clarice Lispector

"Não, a maior solidão é a do ser que não ama. A maior solidão é a do ser que se ausenta, que se defende, que se fecha, que se recusa a participar da vida humana."

Vinicius de Moraes

"Aninhado na praia de escombros, observo o giro do astro enquanto a sombra do rosto foragido repõe a questão: E se a criança jamais existiu?

Juliano Garcia Pessanha

Para,

Valentina,
Raíssa,
Lisete,
Ricardo,
Filipe,
José Antônio,
Airton,
José Carlos.

Pessoas no meu sangue, mais do que nomes.
Residentes dos mais estreitos fluxos do meu corpo.

Minh'alma habitada pelas cores dos sorrisos,
Acariciada na voz,
Acalorada pelo cultivo dos sentimentos.

E a minha morada feita em palavras.

SUMÁRIO

Fora de centro
I

Entra, já esperava por sua visita. Por aqui.
Não sabia que você adivinha as coisas, as presenças. Adivinhe as ausências também. Com a sua licença.
Muito engraçado você. Acomode-se. Quer beber alguma coisa?
O de sempre.
Já volto.
Vou colocar um som! Não esqueça que o meu é sem gelo.
Eu sei. Ótima a ideia do som. Descobri um muito bom dia desses.
Traz água também!
Tudo bem! O som está aí. Estava ouvindo antes de você chegar. É só colocar para tocar!
Ótimo. Vamos ouvir. Muito obrigado. Deixa-me provar.
Bom?
Muito. O som também.
Que bom.
Saudades de você.
Eu também. O que você está bebendo?
O mesmo. Gosto desse.

Ele é bom mesmo. Vem cá, me conta, o que te dava tanta certeza da minha visita?
Intuição apenas. Você costuma vir. Sairia do trabalho e iria para algum lugar, para que o tempo não fosse tão massacrante.
Massacre é essa sua intuição que me incomoda.
Como assim minha intuição te incomoda?
Você é uma pessoa muito introspectiva, isolada, solitária. O que de certa forma justificaria sua intuição. Mas, ao mesmo tempo você se isola, prefere a ausência...
O que te dá tanta certeza assim sobre mim? Como você pode fazer afirmações tão categóricas, esses juízos a meu respeito?
Estamos apenas conversando, não fuja das minhas perguntas.
Não tenha medo.
Como assim, medo? Não estou entendendo você. Preciso respirar.
Por que você foge? De quem você foge?
E vem você com suas perguntas. Não sei por que estou aqui.
Por que você estava com saudades, já não sei... Você está me confundindo.
Quanta ironia!
Desculpa.
Vou embora, tchau!
Calma! Espera. Fecha a porta, por favor.
De onde vem essa ousadia sua em querer me dissecar, me moldar com seus adjetivos ajuizados? Como você pode me nomear assim? Não percebe que assim você me faz?
Não há como viver sem se perder...
Sem tantos enigmas, filosofias... Por favor!
Ah! Cansei-me dessa conversa!
O que você quer dizer com "não há como viver sem se perder"? Como assim?

Perder-se em si, nos outros, nos meios... Não há regras justificáveis, convincentes, legítimas para que eu possa me fiar e ser, seja lá o que for, sem me perder. Aliás, tais regras talvez nem sejam imprescindíveis para a vida, que é um fluxo contínuo e somente onde ser é possível. A essência de ser é o caos porque o movimento é aleatório, caótico, imponderável... Enfim! Estou cansado.
Do quê?
Dessa pasmaceira toda. Você, eu... Minhas ideias, esse lugar, lá fora...
O cansaço passa...
Verdade. Mesmo assim, ser cansa.
Tá.
Vamos sair?
Vamos.

II

Conhece aquela mulher?
Quem? Qual delas?
A loira estupidamente fake!
Ah! Sei sim, claro que a conheço. E você sabe disso.
Sei, sei mesmo. Por isso o "estupidamente fake".
Então você sabe que ela é uma vadia, certo?
Não, não sei. E se ela é uma vadia, uma cachorra ou uma santinha, isso é problema dela, certo? Vamos beber alguma coisa nesse bar, estou cansado.
Quer beber o quê?
Um destilado para me destilar em mais sensibilidade e sentimento.
Seja generoso na dose, por favor.
Exagere, por favor!
Sim. Pra esquentar. A noite está apenas começando.
E eu me excitando...
Uma vez excitados, o que é sensível predomina como real.
Por que a realidade é predominantemente sensível, mas para o vulgo.
Uau! "Vulgo" foi demais! Pelo seu esmero com as palavras e com o preconceito nas ideias!

Preconceito não, aliás, talvez o vulgo aproveite melhor a vida do que os versados em letras.
Não quero entrar nesse debate, não agora. Mas uma coisa é importante ressaltar. A sensibilidade é imprescindível para a vida.
Prefere debater o quê, então?
O efeito da noite no espírito de um animal como eu.
Gosto desse debate. Estamos na cidade onde a vida pulsa devido aos pulsos, impulsos, putos e putas! Devido ao animal que somos!
Putos e putas! Viva! Mas, cá entre nós, a palavra "puto" não tem o sentido que você gostaria que tivesse, há pouco.
Às favas com suas correções que é um mero detalhe diante da força que eu quero e sei que existem nas minhas palavras.
Por que você tem tanta certeza assim da força das suas palavras?
Por que elas estão incumbidas de me expor.
Suas palavras nunca irão te expor. Impossível, sinto dizer.
Por quê?
Por que elas são uma mediação entre você e eu. Aliás, mesmo que queiramos, nunca seremos nós mesmos para os outros.
Não dá, não tem como.
Perceba tudo a nossa volta. Detalhe, tudo o que for possível.
Você não pode perceber tudo a sua volta.
Sim, e daí?
O que você vê, ouve, tateia, cheira e degusta, tudo é vinculado a você descontinuamente, em movimento tanto de você para as coisas e dessas para você, mas também por conta da memória etc...
E?
E daí que as coisas existem apesar de você e de mim, que tudo está desconectado e para que eu faça sentido para

mim mesmo preciso me conectar, me vincular às coisas e às pessoas. Só que não posso fazer isso quando eu quero, como eu quero e, o que é pior, não posso fazer isso sem me perder porque, afinal, quando eu me vinculo a alguém, fico um pouco nessa pessoa e ela em mim. Já não sou mais eu e ela também para ela mesma e para mim. Eu nunca fui eu. Conectar-me a você é desconectar-me de mim de certa forma.
A bebida fez efeito.
Fez.
Você ficou nela.
Ela ficou em mim. Até porque ela acabou.
Outra?
Quero sair daqui.

III

Não vai dizer?
O quê?
O que vejo nos seus olhos.
O que você vê nos meus olhos?
Alguma coisa de angústia.
Não há angústia.
No mínimo vontade.
Sempre.
A vontade angustia.
Você não me conhece.
Nem você a você.
Ninguém se conhece.
Não o bastante.
O bastante para o quê?
Para ser bem resolvido.
Ninguém é bem resolvido?
Não.

Não vai dizer?
Não.
Por quê?

Por que não quero.
É medo?
Talvez.
Do quê?
Do dizer.
O que há no seu dizer?
Eu estou no meu dizer.
O medo é de você?
Também.
De quem mais?
De você.
Eu estou no seu dizer?
Sim.

Então é sobre mim que não quer dizer.
Não necessariamente.
Sobre mim e mais alguém?
Você pergunta demais.
Não quer minhas perguntas?
Nova pergunta.
Quer conversar?
Sim.
Mas como sem as perguntas?
Sem tantas seria melhor.
Eu gosto das perguntas.
Eu não.
Por que não?
Elas incomodam.
Por quê?
Elas me dissecam.
Expõem-te?
Sim.

Não gosta de expor-se?
Não.
Por quê?
Tenho medo de me ferir.
Basta estar para ferir-se.
Quase nunca estou.
Está aqui agora?
Com você sim.
Está apenas comigo?
Quase sempre apenas com você.
Por que o exclusivo a mim?
Há algo exclusivo em você.
Pode ser mais acessível?
Posso.
Então...
Há brilho e leveza em você.

É essa sua angústia?
Não.
O que te angustia?
É o dizer, o assumir meu brilho e minha leveza?
...
Por que tantas reticências?
Por que tantas perguntas?
Pergunto porque quero te sentir.
Por que me sentir?
Para estar próximo de você.
Para me prender a você.
Talvez.

Isso te incomoda?
Um pouco.

Por quê?
Tenho medo.
Do quê?
De você.
De mim?
Sim.
Você tem medo de você.
Talvez.
Medo devido à insegurança.
Talvez.
Insegurança e indecisão.
Medo, insegurança, indecisão e confusão.
Algo mais?
Paixão.
Paixão?
Sim.

Você está apaixonado?
Como saber?
O que você sente?
O que já disse.
Disse o bastante?
Tudo o que tinha medo de ter dito.
Há algo mais a ser dito?
Há sempre algo a mais a ser dito. Como saber o bastante sobre o que sentimos?
Por isso as reticências?
Sim.
Não vai dizer?
Não.

Apaixonou-se pelo meu brilho e pela minha beleza?

Apaixonou-se por mim?
...
Tem medo da paixão?
Sim.
Por quê?
Por que ela é um cárcere.
A liberdade é um cárcere.
A paixão é liberdade e cárcere.
Não me venha com clichês!
Não fuja de mim.
Estou farto dessa condição.
Que condição?
Vulnerável.
A mim?
Não. A mim.
O que te torna vulnerável?
Suas perguntas me cansam.
Queixa-se novamente.
Não estou em um divã. Não há associação livre na sua biografia.
Sou a pessoa que você ama.
Não amo você!
Não amo ninguém! Nunca amei ninguém!
O valor do amor está em amar, não em pronunciá-lo.
Não me venha com verdades, fracas verdades!
Não entendo sua intolerância.
Você não me entende, não me sente.
Tento.
Não o bastante.
Você me repele, não consigo me aproximar.
Você quer se aproximar?
Você sabe que sim, já disse.

Você não pode se aproximar de ninguém com suas verdades.
Elas te cegam.
Você sempre verá você, tudo o que você sempre viu a seu próprio respeito. Não verá o outro nem você.
Agora as verdades são suas.
Não tenho verdades. Minhas ideias sempre são provisórias, inclusive essa, passível de qualquer contestação.
Não sei como você se sustenta.
Com fracas e provisórias verdades. Sou tão medíocre quanto você nisso. Mas minhas suspeitas também me sustentam.
Não sou medíocre.
Tanto quanto eu sou.
Por que seria?
Porque você tem limites que às vezes são postos por você mesmo. Vive pela metade e delineia-se pela insatisfação. Contenta-se com tudo o que é parcial que é o bastante, sempre é.
Isso é ser medíocre?
Medíocre e ordinário.
Ordinário?
Você se submete à ordem.
Ah! Agora você é anarquista?
Tento não ser nada, tento voltar ao nada, de onde vim e para onde vou. Mas estou por aí, carregando muito peso n'alma e meu próprio corpo-defunto.
Anarquista, dramático... O que mais?
Além de medíocre, você é menor?
Como assim, menor?
Incapaz de compreender o outro sem os clichês classificatórios que outrora você reclamava.
Queixa-se por eu te categorizar, classificar?
É óbvio!

Por quê?
Porque essas classificações denotam sua mediocridade.
Você não é capaz de entender o outro para além daquilo que didaticamente foi estabelecido, que sempre dá margens para o que a pessoa não é, sendo...
O humano é muito transitório, instável, dividido, móvel, fluxível, maleável, fragmentado e inconstante para ser classificado enquanto indivíduo. O humano se desfaz, se desmancha na dor, na esperança de amar.
Então você me despreza.
Não disse isso.
Então o que você quer?
Não sei. Só não posso nada querer. Quero o mínimo. Querer é sofrer. Quisera eu não querer.
Frasesinhas de efeito.
Você me despreza.
Não te desprezo.
Cansei das suas perguntas e das suas verdades.
Acho que você cansou de mim.
De você não, das suas perguntas e verdades.
Eu sou perguntas e verdades.
Mas não apenas. Você pode ser mais suspeitas, incógnitas, enigmas, menos aparências. Todas as verdades são aparentes. As verdades pesam demais e isso me incomoda. As verdades são dispensáveis.
Você com todas essas suas filosofias deve saber que o inferno são os outros, como certa vez afirmou Sartre.
Sim, sei.
Eu sou seu inferno.
Sim.
Mas você também é meu bálsamo necessário, minha leveza, mesmo quando inferno.

Ou o inferno não é tão ruim assim ou eu não sou tão inferno assim.
As duas possibilidades são válidas e viáveis.
Então por que reclama das minhas perguntas que diz te perturbarem, já que o inferno é perturbação?
Por que eu quero mais o bálsamo do que o inferno que há em você.
Revele-se a mim e então você me terá.
Você requer muito do que eu não sei ou saberia te dar por não saber-me.
Posso ajudar-te a saber-te com minhas perguntas.
É o que tens feito e o que me incomoda, me perturba como já disse. O medo é meu por mim mesmo.

IV

Gosto daqui.
Desse lugar?
Sim, desse lugar, dos lugares. Emagreci.
Emagreceu mesmo. Mas também sua dieta à base de álcool não vai ajudar com a tua saúde, com o teu peso.
O álcool me alimenta também.
Ele é fuga.
Nossa! Como você me irrita com esses clichês! Tudo bem! Vamos admitir que ele seja essa tal fuga. Então eu te pergunto, qual é o problema?
O problema é que não é bom fugir da vida.
Mas desde quando eu fujo da vida? Tem como fugir da vida, se não for por suicídio? E olha que nesse caso não é nem fugir, é morrer mesmo! É negar a vida.
Se bem que o suicídio é um ato em vida, o último e talvez um ato muito autêntico. O que não o faria também ser uma fuga ou negação da vida. Fugimos da vida quando ao fugir dos problemas...
Bom, então a gente não foge da vida, mas dos problemas que a vida nos traz. Logo, o álcool não é uma fuga da vida. A vida é maior.

Mas a fuga é dos problemas, o que dá no mesmo.
Não, não dá no mesmo. E mesmo que ele, o álcool, seja fuga dos problemas da vida, foda-se! Eu terei que resolver os problemas uma hora ou outra, ou talvez nem tenha que resolvê-los. Que os problemas se explodam! E assim, que o álcool decida o que é melhor para mim!
"Que o álcool decida o que é melhor pra mim"!
Para você não! Para mim! Mas, se você quiser que o álcool decida o que é melhor para você também, garanto que você não vai se decepcionar. Aliás, estamos a esmo! Bebamos, por favor!
É o que nos resta.
Não, nos resta muita coisa! Prostituição, maconha, cocaína, LSD... Resta-nos a música, as pessoas indo e vindo, a poesia... As contingências da noite são mais excitantes do que os acasos matutinos, se bem que acasos e contingências são excitantes por definição, já que nos trazem o imponderável, o inesperado, o imprevisível...
E os idiotas que passam pela rua com seus carros-sonoros-hiperbólicos, que calam a música dos lugares, infelizes!
Outro bar?
Outra dose, vamos lá!

V

Pra que lado fica aquele lugar?
Para baixo, de onde viemos.
Passamos por lá?
Sim.
Quando, eu nem reparei.
Claro, você está alucinado.
Bom, isso não é novidade. Vivo alucinado. A questão é que eu, mesmo delirando, percebo as coisas, de uma forma muito peculiar, diga-se de passagem e compreende-se.
Sei. E olha que você mora perto daquele lugar, certo?
Verdade. Bom, talvez fosse a ânsia de estar aqui, em meio às pessoas, nesse bar entupido de olhares, cheiros, cores, álcool, música...
Quanto a isso não tenho dúvidas, até porque aqui as coisas fazem mais sentido.
Que coisas?
A vida.
Por quê?
Espera aqui, por favor, eu já volto.

Oi.

Olá.
Você sabe se é masculino ou feminino?
Pouco importa.
Como assim?
Você é homem ou mulher?
Pouco importa.
Então... E você ainda me pergunta se é masculino ou feminino? Ora!
Perguntei apenas porque não quero constranger quem por ventura passar...
Tenha certeza que aqui ninguém se importa com questões de gênero.

Pode entrar.
Você primeiro. Não cabemos nós dois aí.
Quer provar?
Do quê?
A pergunta correta deveria ser de quem. Mas, se você quiser pode provar do quê também.
Bom, o quem eu até imagino. Mas, o quê não sei ao certo.
Fecha, ou a deixe aberta...
Pronto. Onde está?
Antes você me serve.
E as pessoas aí fora?
Você ainda se importa?
Se é assim, tudo bem.
Ótimo!
Assim...
Vai!
Vamos... Continua...
Qual é seu nome?

Quem se importa com nome, meu amor... Ainda mais num momento desses. Continua.
Assim... Isso! Mais!
Vão derrubar a porta!
Vou embora...
Espera!

VI

Que lugar é esse?
Todos os lugares.
Como assim?
Todo lugar é um recorte do tempo e do espaço. O que nos resta é a sucessão dos instantes, dos tempos, dos presentes.
Não importa o lugar em que estamos?
Sim, o no qual estamos.
Não sei onde estou.
Você está, isso é o que importa. Não gosta do lugar onde está?
Sim, gosto. Se bem que se soubesse o nome talvez viesse a gostar mais.
Não creio, não é o nome que importa. Não é a definição do lugar aquilo que mais nos interessa. Aliás, talvez o nome seja o que conta menos. Pessoas são lugares. Para mim, moramos nas pessoas. Você mora em mim e eu em você. No mais, passamos...
Eu estou e passo em você. É isso o que quer dizer?
Também.
Passamos por lá e estamos passando por aqui. Nunca ficamos. Porque somos dinâmicos, a vida é fluxo... Mas, há de haver um centro, uma referência, o lugar.

Que é uma ilusão, sim. As pressuposições que você carrega consigo a meu respeito, a respeito de qualquer outro lugar, são necessárias para que você não se perca mais do que já está. Tudo o que você vê ao seu redor agora, todas essas pessoas com as quais você está interagindo nesse local, com as pessoas que te habitam, tudo isso é ilusão. O que quero dizer é que as ilusões são necessárias. Ficções, não podemos passar sem elas.
Minha vida é uma ilusão?
Talvez, muito provavelmente. Não que sua vida a seja, necessariamente. O que quero dizer é que nela, na sua vida, há uma porção imprescindível de ilusão, ainda que toda ela possa o ser.
Não considero que minha vida seja uma ilusão. Nesse exato momento, aqui, bebendo com você, ouvindo toda essa mistura de sons, recebendo os estímulos dessas pessoas que por aqui passam e estão, todas essas cores e odores, tudo isso não pode ser uma ilusão... Não pode ser...
E se for, qual seria o problema? Como disse, essas ilusões são referências, estabelecer lugares é estabelecer referências... A ilusão pode ser boa, portanto. A vida não é boa?
Não sei em que medida. Talvez se saíssemos daqui, ao caminhar talvez poderíamos, eu poderia, com o movimento, sentir-me mais vivo...
Isso! Essa é a questão. Como nos sentir mais vivos? Talvez você tenha dado uma resposta, o movimento.

Perspectivas

Gosto de caminhar. Não gosto da saúde. Não a saúde em si. Seja lá o que isso for e se de fato existe alguma coisa em si. No caso, me refiro à neurose obsessiva dos discursos pró-saúde, tal como vejo em programas televisivos, enlatados, cujo público são as dondocas que passam suas manhãs em frente da TV, buscando informações que favoreçam sua beleza e saúde. Aliás, às vezes me pergunto se o objetivo é a beleza ou a saúde. Para mim os dois discursos são inócuos, já que todos somos doentes por estarmos, irremediavelmente, divididos. A vida que se nos apresenta é uma busca pelo menor dano que possa nos afetar. Uma vez afetados, vivendo, a busca concomitante é a da redução desses danos. Qual é o menor sofrimento, já que a vida é sofrimento? E não se trata de pessimismo. Talvez melancolia, sim, uma tristeza profunda... Enfado, cansaço, dor. Tudo misturado no meu âmago. Andar é o mínimo que me resta, como agora. Meu destino? Pouco importa. O erro me leva sempre a algum lugar. Prefiro o erro à saúde, o descontrole à neurose pró-saúde ou beleza. Que por sinal me parece doença e feiura. Tantos selfs com sorrisos esquálidos, dietas prisionais, formas óbvias e esforços vãos. Se toda vida é um processo de demolição, como escreveu

Fitzgerald, prefiro os pileques, os demônios e minha própria construção desse processo destrutivo. Qualquer esforço que me leve a algum lugar. Uma busca de sentido relevante, como esse caminho, cheio de detalhes, de vida até mesmo no concreto. Aliás, não vejo por que tanta abjeção para com o concreto. Concreto é vida, ainda que inorgânica. Porque, para mim, a vida pode ser inorgânica, já que todo universo é um ente orgânico. Já que até hoje não li, nem ouvi, uma definição contundente e convincente para a pergunta o que é a vida. Tudo para mim ou é ou tem uma derivação muito próxima e significativa da vida. Um sentido mínimo que seja, que me coloque em movimento. Um impulso, como o dos meus pés, que ao avançar nesse solo, possa me levar para os mais variados lugares, a cada passo. A propósito, cada passo meu revela um lugar possível para mim. Tais afirmações, como a anterior, não são alusões metafóricas. Isso porque cada passo é um sentido, porque é um lugar. O que me permite fazer tal afirmação são as diferentes perspectivas de visão dos passos que dou. Se dou um passo e olho para o chão, se deito no chão, se cheiro o chão, ou mesmo se passo a lamber o chão, para cada movimento como os tais, tenho uma perspectiva, um sentido, uma forma de relacionamento com o espaço e com minha vida, aquilo que nomeio para mim mesmo como realidade. Multiplicando isso pelos passos, posso encontrar múltiplas perspectivas ou sentidos, como preferir, cara leitora, caro leitor. O fato é que eu me desloco sem muita expectativa porque prefiro o máximo possível de perspectivas. Estou em outro lugar agora. Tomando o início da seção inaugurada há pouco que deflagrou essa reflexão-narrativa, já me desloquei de lá para cá. De perspectiva a perspectiva acumulo sentidos para que eu seja um pouco mais preenchido, ou minha vida, de sentidos débeis mas necessários para que haja alguma cor na jornada de desventuras do atravessamento vital em mim. A ausência de sentido é a morte. Não que eu não a queira. Que ela venha, não que eu a busque, porque eu busco sentidos, perspectivas, sejam elas quais forem. Apenas dispenso aquelas mais chulas, óbvias, fracas, pobres. Prefiro as perspectivas improváveis, os pensamentos outrora impensados, impensáveis, totalmente novos, originais ou autênticos. Passos, sentidos, caminhos, lugares, pessoas, cores, ângulos, perspectivas, quadros, cenas, atos, lambidas, tropeços, tombos... Não há como superar a vida e a porção dela que há em mim quase me sufoca. Gostaria eu de freá-la por instantes. Parar o tempo da vida e me deslocar nomadicamente pelos campos, espaços e superfícies da minha vida. Tudo é superfície e um lugar são todos os lugares. Aliás, qualquer espaço é lugar para os seres humanos. O ser humano não possui um habitat natural porque a natureza é uma invenção humana, como a ideia de habitat. E ser humano é ser sem lugar e ser lugar. O fato é que eu me desloquei de lá para cá devagar, já que tentei provar ao máximo de todas as perspectivas que me sobrevieram. O fiz, mas não estou satisfeito. Queria saber, poder, ter outras dimensões além da altura, largura e profundidade. Queria delinear outras formas para os espaços que me envolvem. Queria que minhas dimensões fossem outras, provar de uma recriação, estabelecer estilos, recriar minha própria vida. Mas ela é maior. Não sou eu quem a envolve, ela me envolve, me asfixia. Resta a mim caminhar e que meus próximos passos revelem pessoas e lugares, as duas coisas em uma só, uma pessoa qualquer, pessoa-lugar como aquela que se aproxima. Ela não me conhece, tampouco eu a conheço. Mas vou interpelá-la para que assim eu possa desvelar um pouco mais de vida dela para mim, uma vez que todos carregamos um pouco de vida conosco. Não sei se a porção de vida que vai em mim pode acrescentar algo de bom nela. Tampouco sei se ela espera algo de bom para a vida dela. Dizem as pessoas que sim, buscamos o bem, o bom. Sempre duvidei disso. Mas, talvez essa pessoa que vem de um passo me passe e eu fique apenas na expectativa. Por isso talvez eu a deixe passar como ela acaba de fazer... E eu continuo a caminhar, em busca de perspectivas...

Periferia

E quando a periferia fica no centro? Fato é que essas contradições não são próprias do Brasil ou de outro país qualquer. Trata-se de uma dentre tantas outras evidências das contradições humanas, do humano que é e do que está. Em São Paulo a periferia é o centro. É que a periferia das pessoas fica no coração, sempre empobrecido. O social é animal, ser haveria de ser sentimental? Não sei, fico a pensar, mas queria sentir. Estar no centro é bom, mas passar é melhor ainda. Já estive no centro, agora estou na periferia. Tento fazer do meu coração algo mais rico, que não reluza, posto que não é ouro. Meu coração é outro, bruto e obscuro. Não moro, estou. Nunca morei, já que morada não há para quem é itinerante, nômade nas ideias e ávido por sentimentos. Pratico o sedentarismo da sedimentação dos afetos. Minha dinamicidade nômade é da consciência. Rousseau dissera que movimentar-se o ajudara a pensar. E a sentir também, por que não? Logo ele, aquele que subvertera Descartes ao sugerir o sentir como existir. Movimentar-se pelo centro, no perímetro periférico do coração pobre paulistano, dos paulistanos e do mundo que se encontra em São Paulo. Dileta tarefa, paradoxal, porque ingrata.

Mas lá fui eu, triste, sempre fui, isso não é novidade.
Mas, para você que não me conhece e ainda sim me lê, talvez poderia eu dizer algumas palavras a meu respeito. Entretanto, cá entre nós, ler-me não basta? Saciará você sua mísera curiosidade me lendo? Creio que não, tampouco me conhecerá. Isso tudo é ficção. Sei, contudo, que se trata de percurso. Que foi trilhado por mim de um estado inóspito para outro mais ainda. Fui de lá para cá, daqui pra lá. Não fui, fora. Fora de centro, sempre. No centro de São Paulo descentrei-me, nos livros-pessoas e bibliotecas-ruas. Nuance de luzes e espasmos de odores, ocres sons, opacidade no dia. As vielas do centro são fluxos coronários de encontros, de hemácias plasmadas nas vestes. Ah! As vestes!
Não penso que te vestes, oh humano! Esconde-se, isso sim! A vida é melhor tragável às escondidas. Talvez por isso tais desfiles inebriantes. Vestir-se é intoxicar-se. Nem mesmo as texturas das vestes nos são permitidas. Refiro-me não apenas aos tecidos de linho ou dérmicos, mas também às ideias e sentimentos. Ou estamos distantes do outro, ou de nós mesmos, vestidos ou não, se de sentimento, que pesar! Sentir poderia ser fluir, mas é dirimir dúvidas e dívidas. Tragar o outro no medo, que é o sentimento ensimesmado. Vestir-se e empanar-se, dormir e sonolência, viver?
Como? Pelas ruas fui... E fora. Pelo centro e fora dele também, às margens do centro. Perambulando *à la* Caminhante Noturno, dos Mutantes. Conheces-te os tais? Espero que sim, do verbo esperançar... Não espere por esse som. Pelos sons, manifestações anímicas, o corpo emite sons. Que pode ser o corpo de Gaia e suas sinuosidades. Ou o de Cristo e suas chagas. Gosto das curvas e do sangue do corpo. No centro há, no coração há cavidades, depressões côncavas e sangue. O coração periférico do humano e sua dor. O vazio

intermitente, o fluxo, a diástole. A prefiro, ela é expulsão. Sístole me remete à tola pretensão sistematizante. No centro não há, ele é vivo e periférico demais para suas pretensões. Sempre haverá o engodo, a deformação, o nojo no centro. Se o coração dói, é devido a seu vazio. O sangue só passa por ele, não fica, nada fica no centro.
Reparaste na Rua Direita? Tão torta, não? Falávamos de contradições... Diastolicamente ela enxerta nos corações coronarianos hemácias. Sois hemácias ou leucócitos? No ínfimo reservei o espanto de ser. Tenho a sensação de que tudo é ínfimo, sobretudo após ler Manoel de Barros. O ínfimo é infinito, por isso o Cosmos não tem tamanho, nem para mais, tampouco para menos. Ser hemácia é mais vermelho. Fagocitar sentimentos para tornar-me coronariano pela Rua Direita. Ao passar pelo Centro de São Paulo não consigo não ser estimulado pela fagocitose de hemácias e leucócitos, no plasmocentrismo paulistano.
Interessante é perceber a tragédia que sou nesse centro, eu, não ele. Ele tem sido maior do que eu. Eu sou menor, se sou... Digo isso devido a esse transe. Esse que escrevo. A tragédia que me cerca passa pelo centro e se aloja na periferia do meu coração. Vejo como o coração, à esquerda, sangrando, vermelho. Essa é a dor do meu coração. Cada visão minha dele emana, sangra. *Sangre*. Sim, porque ver é sangrar sem que o sangue escorra pele afora. Sentir o é. Qual é sua extensão no mundo? Penso no coração e o sangue que por ele não corre nem flui, porque o coração é oco e vazio e inacessível ao sangue que percorre sua periferia. O coração é pobre.
Permita-me, caro leitor, cara leitora, sim, pobre do meu e do teu coração. Tão periféricos! Se ao menos eles pudessem pulsar para nos sentirmos vivos! Mas não, nossos corações

se escondem como o nojo que sentes do centro, das feridas pestilentas da miséria humana. Da escória carente de higiene. Ah! A higiênica miséria humana! Irradia pelas dores ósseas que te afligem em silêncio. Preferes escondê-la anunciando-a ou calando-a. Nunca te revelas porque não a vives! Não sentes a dor de viver. Pobre miserável coração!
Se fores ao centro de São Paulo, procures por teu coração.

Amores clandestinos

Ela amava. Era sempre assim, amava. No passado que passava com as pessoas e que voltava, retornava. Ela, Ele, sinceramente não parece que o gênero é a questão aqui. Indeterminado, indeterminada. Uma mulher. É com uma dentre tantas, côncavas, que aqui, com Ela, inauguram-se as incursões de amor daquela que amava, indeterminadamente, indefinidamente e insanamente. Trata-se, talvez, do caso de mais uma heroína romântica visto a tragicidade própria ao amor. Insana é a mente que concebe o amor, dupla-implicada e aplicadamente, da parte de quem ama e de quem é amado. No caso, Ela, que amava enquanto amou. Todos que pelo seu leito descansaram seus corpos e suas almas. Homens e mulheres que diante dela pousaram seus olhos por vezes marejados, doutras vezes lavados. Irrequietos, é bem verdade, visto que nos olhos a vida é convocada e a vida não se faz em paz. Estaria o amor nos olhos? Vejamos o seguinte. No caso, vários casos dela que se dispunha aos outros dentro de seus limites, é claro, visto que o amor é raro. É raro e caro. E o custo é de dinheiros, no plural, porque existem vários valores para aquilo que se julga ser e ter. Não há como ter pessoas, já que essas ou são ou estão, em trânsito. Por isso também podem ser não, no negativo, para no contraditório voltarem a ser. Ela supunha que sabia disso, já que qualquer saber entra nessa economia do ser. E não saber ou supor saber representava o ensejo precioso para ela ser. Isso cabia também a Ela, evidentemente, ser. Mas como é difícil ser! O problema poderia ser Ela não ser por inteiro quando se colocavam diante dela, ao demandarem de seu olhar, sua escuta, sua voz. Quem é por inteiro? Somos partes porque parciais, jamais imparciais. Um todo que não se sabe não se é por inteiro, quando se é alguma coisa. Talvez seja essa sua maior inquietação, ser alguma coisa, estar em algum lugar, encontrar algum sentido no desconhecido. Que é o outro, que como espelho dela a tirou dela mesma para lhe proporcionar sucessivos reencontros consigo mesma, repetições, não do mesmo, tampouco reproduções, cópias, com poucas representações, com espaço para a diferença e diferenciação das identidades, do mesmo, do tédio. Ela amava homens e mulheres porque sexualidade é coisa sem Ela e sem Ele, é sem, falta. Por isso Ela vivia de fantasias. Ela as tinha consigo, nos outros, entre uns e outros e aqui, agora, que passou quando Ela amou e foi amada. Porque Ela também foi amada, é bom que se diga. A amavam. Eles e elas a amaram também. Ela não foi digna do amor. Ela assim pensava. Não o mereço, não o posso viver, embora eu o queira, sempre quis. Desejo. É sempre isso, essa falta que dói. O prazer que dói. Dor e tédio e falta. É disso que se maltrata. Da hesitação diante do desejo, Ela, Ele. Sexo, cópula, coito. Interrompido. Ela amava sem saber, já que um e outro são distintos. Amar é desconhecido, está perto da dor, porque do Eu, que ainda não o era e continua não o sendo. Sexo é anímico, autômato. É Ela que dá prazer ao sexo. Ela era autoerótica no amar. Não queria sexo no amar, muito embora amar era prazer sem sexo, porque era Ela. Seus séquitos a amavam sem sexo, exceto alguns. Ela tinha sexo e sexualidade e amava, malamava. Tinha prazer. Isso fazia com que Ela fosse alguma coisa, alguém, com algumas construções de sentidos que Ela não entendia muito bem, como isso de amar. Amava desde sempre. Desde que soube das posições, do seu corpo, do seu nome, das pessoas. Amava as pessoas à revelia do que sentia. Quase nunca bem compreendida pela representação dos seus próprios afetos. Amar era sofrimento e dor. Amar as pessoas diante de quem se aproximava e se distanciava. Amar à distância. Todo amor é à distância. Havia sempre alguma distância entre Ela e Ele e Ela. Sempre Ela que amava próximo, às vezes demais. E alguém intervinha. Por isso Ela amava, não ama mais, porque nada dura para sempre. A duração é uma ilusão que empana a intimidade da experiência. A duração sempre se dissolveu no tempo e o tempo no amor. Amar dissolve o tempo e Ela supunha isso e era tragada pelo tempo do amor. Dissolvia-se no outro e ambos se dissolviam. Todos se perdiam ao amar. Tudo perdia consistência, sobretudo os corpos no tremor das presenças. Ela a transferir e amar. Isso era o tempo rarefeito, atemporal, desconhecido. Ela supunha. Amava e supunha o que era o amor e isso a entretinha. E o tempo passava e era um eterno retorno com algo novo, um renovo, algo a sustentá-la, uma espécie de resistência à morte, ou morte. Resiliência da morte. Havia uma tensão. Ela sentia e era sentida, por vezes ressentida. Só por ser mulher, ainda que não soubesse o que era ser mulher, tampouco ser. Como se só fosse pouco. Ela tinha inquietações por ser mulher. O côncavo que com ela ia e que do nada era tudo. Elas, Eles nela eram concebidos, incontáveis. Porque Ela amava cada um o mais próximo e distante possível. Havia transferência do e no desconhecido para Ela e dela para o outro, que era quem Ela amava. O outro, os outros... As relações amorosas, os amores. São clandestinos. Os amores são clandestinos e Ela amava assim, só porque amava. Porque não havia como amar de outra forma que não fosse à margem. Do amor, dos amores que por Ela passaram sem que passassem e ela passasse, com e apesar deles. Ela não durou, mas nela o amor ficou e só por isso Ela pôde se construir. À margem. O amor é marginal. Ela amava no contorno do outro. Delineava a si mesma tangencialmente, nas arestas do amor, no excedente de vida. É daí que a vida é possível, ela nasce do excedente de amor. Mesmo para quem estava vivo ou supunha estar, afinal, o que é estar vivo? Amar, talvez seja essa a pergunta. Estar vivo é consequência da ação de amar, do movimento do amor. Ela apostava nisso, nos amores clandestinos, em amar estar. Ela se sentia clandestina, porque não existe amor sem culpa. Amar pressupõe ensejar a perda de quem se ama. A culpa, o risco e a perda. Amar sem assumir riscos? Eis a marginalidade do amor. A clandestinidade é o espaço limítrofe da identidade, a duplicidade, a transfiguração do ser, os riscos do perder-se, do desintegrar-se, do dissolver-se, do amar clandestinamente. A culpa é a antecipação da perda, o mal-estar clandestino de amar e viver diante da reparação da moral. Ela sentia a linha tênue por onde pulsava o amor. Era a transfiguração da representação diante da força do afeto. Era árduo suportar a culpa e suas derivações. Multiplicidade compulsiva de sedução. Sejamos condescendentes ao toque sem pele de quem seduz. Como ser transferência sem o toque com os olhos? Transferir é resistir, subsistir e amar por essa transferência de seres e estares e palavras. Afeto era o que Ela construía para ser, viver e amar. Seria seu destino se ele houvesse. Instrução não havia. Atuava, simbolizava com gestos e sua voz modulada por fonemas e ressonâncias transferenciais, diferenciais, espontâneas. Encontros singulares era o que, desinteressadamente, acidentalmente, a sustinham. Ela que não sabia quem era. Amava como pretexto para mais uma palavra que a fizesse viver. E era um vir-a-ser que, transitoriamente, a colocava por um fio. A fiança, a hesitante resistência, a culpa. A morte é a constante da vida, o amor é um acidente. Dispor-se a amar é a resistência empática à morte, o paradoxo da vida, o emaranhado no qual Ela imergiu para de lá viver pelo fio da transferência de amor. A resistência é o amor, a elaboração da dor de viver que vai n'alma e no corpo. Ela amava com corpo. Nele reverberava o outro. Nele Ela guardava quem amava. Corpo é ser e Ela não prescindia dele. Com seu corpo estava para o outro. Ela era além-corpo. Amar atravessa o corpo e ela era atravessada, dividida por seus amores. A fragmentação, as partes que a decompunham proporcionavam multiplicidades de possibilidades de seres a Ela. Para além de nomes, a inquietação do deslocamento evoca o movimento da vida, da Natureza, das ideias e do amar. Amar é o movimento da alma, por isso transferir suscita movimento, transpor de lá para cá e o inverso, o transverso e o avesso. Ela sofria por ser só. Era à distância. A Poética de si mesmo. O que era ser si mesmo? Se nem mesmo o mesmo havia. Ou era tudo o mesmo e não haveria diferenciações para que ele pudesse ser notado. Ao menos havia a Poética. Amar ativa a Poética. É a propulsão do ser pela Poética para a vida, a existência e a essência. Nossa heroína, Ela, fez da sua concavidade a vivacidade das palavras na vida de quem amou. A vida não tem sentido que a contemple. Ela contemplava a vida ao contemplar as pessoas, as constelações de afetos a animar corpos em decomposição Poética. Ela e suas palavras a inflar corpos, a amar. E adoecer de amor. De vida. A vida é uma psicopatologia, meditava. Ela amava para se afastar do que era mais inafetivo, inorgânico, nirvânico, tirânico, a morte. Mas a morte era reticente, intermitente e necessária. A morte era autêntica porque era singular, o mais próximo de si que Ela poderia se aproximar. Mesmo amando a si mesma ela sempre tinha e mantinha certa distância de si. Ela havia pensado em querer ser inteira, depois que se fracionou nas pessoas que amou. Ela havia se tornado uma fração de amores. Amar a partiu em pedaços. Ela era cacos de amor, migalhas de perdas que ficaram pelos caminhos intermináveis que trilhou na sua sina de amar. Amar e esquecer que sua dor era não ser inteira. Tampouco íntegra, visto que quanto menos moral melhor era para que Ela pudesse amar, porque menos culpa. A moral é a ilusória justificativa da culpa. A culpa reside na alma, a moral na razão e Ela inteira só na ilusão. A morte é a autenticidade do ser, a única possibilidade que Ela tinha para ser inteira. Seus amores não podiam sustentar suas dores. Amar para não adoecer, amar para adoecer de vida, de tanto amar. E morrer. Ela morreu e não foi nenhuma doença ou algo que o valha que a matou. Ela morreu de amores por eles serem clandestinos, por não poderem ser sem culpa, por serem resquícios de afeto. Mas ainda assim amor, em desmedida, em demasia, imensuravelmente humano, finito.

O inverno da minha alma

No inverno os corpos se procuram. O inverno é da alma. O inverno é da minha alma. Os corpos são quentes, a alma é fria. O corpo conduz calor para a alma. Não há inverno nem verão ou qualquer coisa que o valha. Não quero fazer dessas linhas uma investigação das temperaturas alheias a mim. Minha intenção é narrar o inverno da minha alma, sem subversões. Sem contrações, invenções, senões, perdões...
O inverno está na alma de quem não sente. Eu era assim, insensível. Quero narrar minha insensibilidade diante de mim mesmo. É que o egocentrismo é necessário para amar, ama-se primeiro a si mesmo, narcisicamente, para depois poder amar quem quer ou o que quer que seja. Amar a si mesmo, para poder amar... É disso que se trata. Eu tampouco amava a mim mesmo, porque não amava. Por que não amava?
Como se o amor ou a falta dele fosse justificável, ajuizável ou mensurável. Não amava. Não sentia, era frio. A frieza da minha alma me distanciava do amor e da vida. Não há como viver sem amor, e assim eu não vivia. Nem sobrevivia. Morria. O inverno é tão frio quanto a morte. Um cadáver gélido é mais frio que o inverno. Não há clima no inverno da alma. Não há vida no inverno dos corpos. Quando não há calor não

há vida porque não há amor. O contraste do calor e do frio é a distinção do corpo de quem ama e de quem morre. A morte era minha sina porque eu não sentia. O que era a dor? O que era a morte? Para quem não sente não há vida porque só há morte. A morte é a ausência da dor. Não há vida sem dor. O inverno da alma é a dor de quem não sente.
Eu era assim, insensível à dor e à vida. Queria sofrer, sentir o frio do corpo de quem passou pela dor do desamor. Queria esfriar de amor e inflar com a dor de recobrar a vida, aquele ou aquela a quem eu poderia dedicar meu corpo. Quando o amor é? Quando o inverno é? Nada. Nem um nem outro, apenas eu e a letargia da morte, sem sentimento. Apenas o inverno e eu, sem que não haja nem ele nem eu. É que o corpo clama e eu não o sei. Nunca senti. Apenas pensei, chorei sem lágrimas, sem dor. Por não sentir dor, não sentir ou ser.
Foi assim. Era assim, sem. Uma experiência sem sujeito ou objeto. Vazio, mas cheio do mesmo. Aquele mesmo inerte. Era eu. Sempre o foi, embora eu procurasse o outro. Outros estranhos, porque eu o era. Havia palavras, mas eu ouvia sons. Os corpos eram mais prementes. Saltava aos olhos, as palavras se perdiam nos ouvidos e os cheiros inodoros. Não. Eram os corpos. Queria que eles fossem dos olhos para dentro de mim. Se eu sentisse, seria assim. Mas não era porque eu não sentia. Era invernal minha vida, descomunal minha morte. Quem disse que não há calor no inverno? Quem disse que o inferno não é frio? Era assim que eu não me sentia. Sem fogo ou gelo, sem água, na sequidão gélida da minha alma. Do que não sou, nem corpo nem alma. Como alguém poderia ser assim? Como alguém poderia ser? Como eu não sou.
Nunca fui. Quisera ir, seja para onde for. Quisera ser, o que quer que seja. Um quê. Sem nome, sem pronome, sem

palavra. Na solidão eu poderia ser. Nem ao menos ela para que eu fosse alguma coisa. O vazio é nada, ainda assim lá eu teria um lugar. Nonada. Lá seria um lugar onde eu descobriria que viver é arriscado e viveria, roseado. Eu não vivo, morro. Não se trata de morto-vivo, nem vivo-morto. Não se trata. Apenas se maltrata, sem dor ou corpo, sem o nada. Se houvesse gelo ou um haver, ao menos assim eu teria com o que me desprezar. Prazer? Disse que não haveria invenções. Talvez essa seja a maior de todas, o prazer. É ideia, é sentimento, sensação, tudo isso, nada disso, ou pura ilusão? Com prazer temos fantasias e o inverso e versos e versões. Isso é vida? Talvez seja melhor não viver. Morrer não é uma opção. Viver é uma ingratidão. O inverno é quente, sobretudo para quem morre de frio. Somente nesse momento é permitido provar do genuíno calor da vida, ou da morte, no átimo do morrer. A morte é o verão da vida. A vida é o inverno da alma. O único momento no qual me vi vivo foi na minha quase morte.

Quase morri quando quase senti. Quase senti quando quase amei. Não amei quando me acovardei. Não amei, não senti, não sofri. Quando queria ter sentido, hesitei. Tornei-me o pior dos humanos quando me recusei a ser humano ao ser inumano. Morri em vida por dar margens ao avançar sombrio e totalizante da frieza gélida do não amor. Covarde é aquele que age sem coração, sem carne, sem corpo. O corpo nos faz humanos com o calor da alma, verbo com carne, sentimento com corpo. Eu sempre soube disso mas nunca senti. Quis abrir meu peito e tentar de lá tirar o músculo da vida. Até o abri e oco o encontrei. O nada. Queria pegar o coração de alguém para saber o que é ter coração. Melhor ainda seria ter o coração de alguém no meu peito. Ele deve ser quente, igual ao inverno. Traria calor ao meu peito, a incômoda sensação prazerosa que quem ama deve sentir. Queria arder de amor com o coração de alguém no meu peito. Não seria roubo, seria empréstimo. Não posso ter, tampouco sentir o que não é meu. Só seria possível sentir aquilo que não fica. Por isso sempre tive esperança de sentir, já que nada fica, tudo vai, acaba, se torna ausência. Saudade deve ser isso, a dor da ausência misturada com a esperança ou lembrança da presença. Saudade deve doer. Para quem não sente, como eu, bom seria sentir saudade para ver se ao menos na dor da ausência, ou na esperança e lembrança da presença, do coração que não tenho, alguém viesse inquietar meu peito com seu coração. Queria ao menos preencher meu peito com dor para ter frio de corpo. Queria portar alguém comigo, em mim. Mas quem? O outro parece uma fronteira sem o lado de lá. Nunca o acesso, por vezes o quero invadir. É isso que me faz desterrado, desértico. Sou um deserto de inverno. Meu nomadismo é sem o centro que seria alguém, algum corpo onde eu pudesse percorrer sem medo de me perder, porque não haveria fronteira, tudo seria uma só carne. O corpo é o território do amor. Sou sem sentimento, mas deve haver calor em mim, ainda que não o sinta. Alguma sensação que me faça viver é o que procuro. O estímulo que em mim não vai é a respiração ofegante de quem no meu corpo não encontra o calor que lhe falta, de quem aspira vida e expira morte. O calor que em mim há. O inverno da minha alma.

Centro do mundo

O centro do mundo é uma criança. Eu gostaria de dar nome a essa criança, mas não o posso. Ela é o centro do mundo. Como se o mundo tivesse um centro. Quando se trata de uma criança o mundo ganha um centro. O mundo não é, nem ao menos há um centro. Todo centro é descentrado. Sinceramente considero essa constatação um ponto pacífico. Como se houvesse algum ponto pacífico. Pacífico não há, muito menos ponto. Que os matemáticos nos expliquem o que é um ponto! Queria saber o que é uma criança. Assim também o que é um centro e um mundo. Vivo sem mundos. Acho que sou uma criança. Nunca a fui. Vivo descentradamente. Minha pretensão aqui é a de narrar uma história. Acredito que não existem fatos ou documentos, apenas narrativas ou histórias que equivalem a ficções. Por isso preferi essa ficção, a história de uma criança. A criança que escolhi para mim é uma ficção. Ela não tem nome porque as histórias se repetem. O mesmo que se contará aqui já foi contado outrora. Soube que é o estilo que conta, por isso não existem fatos. O que seria uma criança como fato? Desde quando um corpo é um fato? Uma criança tem corpo? Ou estaria a

criança no espírito? Por isso continuo indagando a você que me lê, o que é uma criança?
Vou tentar esboçar uma criança aqui, já que ela, você e eu não passamos de esboços. Essa criança é ingênua. A ingenuidade de uma criança é notável, ponto e pacífico. Pronto. Todas as histórias se repetem. A criança é a ingenuidade perdida de todos nós. A ingenuidade de quem descobre o mundo e se encanta com ele para depois desencantar-se, inevitavelmente, mas só depois... Criança suscita encanto e fantasia. A ingenuidade é uma fantasia. Não sei por que tantas reticências para com a ingenuidade. Não vejo pureza na ingenuidade, vejo o desconhecido. Que é sempre o outro. Por isso a criança que há aqui é desconhecida para você, para mim e para ela mesma. O desconhecimento ingênuo da criança que escolhi como protagonista dessas linhas. A solidão da criança. Criança não é infância. É quase objeto. Criança é o centro porque ela não é. Se criança fosse, não seria ponto, nem centro, nem pacífico, pacífica. Para ser criança é preciso ser. O centro do mundo é oco, vazio, um vácuo que nada em nada reverbera, a ninguém toca. O centro do mundo é desafetado. Vou tentar explicar melhor minhas tristezas. Expressar minha dor.
Não se trata da criança, mas do centro do mundo.
Ambos se aproximam. Mas se a criança fosse o centro do mundo ela seria alguém. Não há ninguém na criança, apenas mundo. Um mundo, vários mundos que não propõem centros. A criança que escolhi não é nem mundo nem centro. É um mundo esquecido.
Porque existem crianças que não são sentidas, ainda que haja um centro para o mundo. Vários centros. Vários centros, vários mundos e crianças sem centros e sem mundos. Como haveriam de ser centro de mundos?

Mas, tudo bem. Sim. Isso não é nem nunca foi um problema. Crianças vivem sem mundos, como pessoas vivem sem centro. Fora da criança, alheia a ela e ao centro do mundo. Criança do centro. Para quê um centro? Acho que essa deveria ser a questão aqui. Não há nenhum problema em uma criança não ser o centro do mundo, tampouco não ter um centro nem um mundo. Todos os mundos continuam sendo possíveis. O centro está em todo lugar. Uma criança não tem um mundo. A minha. Algumas palavras para o centro do mundo é o que dedico na forma de uma criança. Que não é o centro do mundo, ela criou seu próprio mundo.
O mundo da minha criança é feliz. Porque só no mundo de uma criança poderia haver felicidade. A felicidade é ingênua. No mundo da criança a felicidade não é o centro, é o mundo. Não há centro para a criança, há mundo e ingenuidade e só por isso há felicidade. Só se é feliz criança. Ingenuamente. Transita-se pela felicidade como pela criança que nunca fomos. Por isso toda criança é negligenciada. Ela é preterida pelo centro do mundo que nela é vivido. Vive-se o centro, não a criança. Não a oportunidade de recomeço que toda criança traz consigo. O céu que se vê, quando se é criança. Por isso felicidade, mundo, não centro. Minha criança só foi feliz porque nunca soube da existência de um centro. Todos os mundos foram oferecidos a ela e ela criou o seu. E o recriou. Seu mundo nunca foi, embora sempre tenha estado pelos lugares, transitoriamente. A fugacidade da criança é a do instante. Sua beleza reside na sua finitude. Ser criança é a impossibilidade de ser. Não se pode ser criança para sempre. Ou, quando se pode ser criança, nunca se é de verdade, só se é de mentira. A criança e o faz de conta. A criança de verdade fora substituída pelo centro do mundo. Inclusive a minha. Resgatei minha criança do centro do mundo. A tirei de lá para

que ela, fora do centro, vivesse imunda. Imundo não é alguém sem mundo, é alguém sujo. Minha criança é suja e sem mundo. Qual criança não é suja? Imagino que a sujeira é uma afronta à ingenuidade. Para a criança o não. Não. A criança faz da sujeira a felicidade. A imundície de uma criança é fazer da sujeira felicidade.
A cor da pele da minha criança é suja. Sua casa é suja. Minha criança é suja e feliz. Se ela soubesse o que é tristeza, seria triste. Minha criança não sabe o que é felicidade e é feliz. É porque para ser feliz não é preciso saber. A felicidade não é precisa. Minha criança saiu para a vida e criou vários mundos. Vivia perdida pelas ruas, pelos carros e pessoas. Até que se perdeu em um de seus mundos. Dessa vez eu não a tirei de lá. Toda vez que minha criança se perde ela sempre volta e com um mundo novo. E ela voltou. E eu pedi a ela para ver o mundo novo que trazia consigo. Equivoquei-me com minha criança dessa vez. Ela nada trazia consigo e o que é pior. Haviam roubado os mundos da minha criança. Não creio que haja roubo pior do que roubar os mundos de uma criança. Roubam-se os mundos de uma criança quando se roubam sua ingenuidade e sua felicidade. É o que acontece quando uma criança descobre a verdade. Toda verdade é uma mentira, foi o que eu disse para minha criança. Os mundos da minha criança foram roubados pela razão. Como nenhuma criança quer ter razão, muito menos precisa dela, minha criança substituiu sua razão pela sua imaginação e foi feliz. A felicidade da minha criança nunca permanece e só por isso ela é feliz. Uma criança roubada e feliz. É possível ser feliz na tristeza. Não creio que apenas minha criança imunda é feliz. Creio que toda criança é feliz e imunda e triste. Não existe felicidade sem tristeza. Não existe criança com mundo e com centro. Toda criança é sem mundo, porque todos os mundos são possíveis para uma criança. Toda criança

é sem centro porque todos os mundos são possíveis para uma criança. A felicidade de uma criança é a inconsequência de um centro. A possibilidade de um mundo. Minha criança estava perdida no centro. Lá a encontrei, imunda de corpo e alma e mundo. O mundo que ela carregava consigo deixou de ser o centro de seu mundo. Ela fora o centro do mundo mas seu mundo sempre esteve em ruínas. Nenhum mundo se sustentava na vida da criança que conheci no centro. Fora do centro ela permaneceu fora de centro. Restaram algumas possibilidades de mundo que tampouco se esboçaram. Seus mundos começaram a ser esboçados na mesma medida em que ela também passou a se esboçar e se expressar. E a deixar de ser criança na medida em que seus mundos foram se tornando exíguos, escassos, na mesma medida da escassez do centro do mundo. E das crianças.
A criança crescia, ou melhor, morria. Sempre me pergunto o que é crescer e concluo que é morrer. Por isso morrer é bom. Quando se morre, se cresce, só não sei para onde. Minha criança me perguntava, para onde vou crescer. Para onde vou. E eu não respondia. O centro do mundo morreu. Esfriou. Seu calor foi apagado pela morte do crescimento, sem que se soubesse para onde se crescia, se ia. O centro do mundo cresceu tanto que se tornou tudo e tudo é nada, o mesmo que a morte. Já não reconhecia aquela criança de outrora. E o mais triste era saber que ela nunca havia sido criança. Criança só na minha fantasia que é a minha medida para que eu saiba se ela era criança mesmo. Ora, ao menos ela permitiu que eu aqui chegasse a narrar sua história. Como se isso fosse alguma coisa. Narrar o centro do mundo, a vida de uma criança imunda. Como se a ingenuidade perdida da criança ensejasse sua felicidade, sempre fugidia. Só na imundície se é feliz, é o que eu gostaria de narrar.

Criança, você é o centro do meu mundo. Quisera você saber disso. Quisera você saber, mas você nada sabe criança. E ainda assim eu vejo morte e felicidade em você, porque eu vejo futuro em você. E com isso posso ser. Recordar e morrer. Eu dizia isso para a criança que comigo vivia. E eu envelhecia. E o centro do mundo morria. Já não havia nem centro nem mundo nem criança. Eu olhava e nada via porque até então tudo havia sido fantasia, ficção. A criança que elegi para ser o centro do meu mundo era a fantasia que me sustinha. Eu me equivoquei. Narrei a história do centro do mundo pensando que uma criança poderia ser o centro do mundo. Como haveriam de ser crianças abandonadas. Não há como ser criança sem sentir o desespero do abandono que se tem ao se deparar com o mundo. Nesse instante não há centro, ainda que a criança possa ser o centro. Mas ela não é, nem centro há. O que só há são abandono e desamparo. O preço da felicidade é não ser criança e abandonar-se à vida. Ser feliz é desesperar-se com o mundo e esquecer o centro, de sê-lo. E o centro do mundo ficou sujo e todos o abandonaram, a abandonaram. E o centro do mundo cresceu e morreu. O centro do mundo.

Alma

Alma. Como não narrar sua história. Tão poética. Alma merece todo nosso respeito. E o que vemos. Alma é vituperada. Palavras à altura de Alma, creio que essa é a expectativa de vocês, leitoras e leitores. Alma e suas memórias. Não narramos ou escrevemos senão sobre memórias. No caso, memórias de Alma. A personagem perfeita. Uma persona em fragmentos. Alma e sua morte. Morreu sem memória.
As primeiras memórias de Alma remontam às palavras daqueles que a narraram. Alma nunca narrou a si mesma. Como poderia ser diferente, Alma pensava. As primeiras palavras que proferi foram de alguém que me disse o que eu haveria de dizer. Nenhuma palavra própria habitava Alma. Palavras sem Alma. Palavras dos outros, nunca de Alma. Fazer-se sem palavra. É o que Alma concebia e assim se concebia. Sem palavras próprias, apropriadas. Nenhuma palavra era própria a Alma. Ainda assim precisou das palavras para poder falar de si, dos outros. Falar de si era possível quando ao se apropriar-se das palavras narrava não a si, mas sim memórias. Alma narrava a si quando narrava memórias. Que não eram suas. Alma narrava histórias. Alma narrava ficções. Memórias. Cenas. Fragmentos. Alma era fragmento. Alma assim vivia.

Não havia Alma sem palavras. As palavras eram o elo entre Alma e o que Alma havia sido e poderia ser. Em cenas cuja memória de Alma oferecia para que ela pudesse fazer-se. Alma não era. Incompleta buscava preencher-se de histórias. Estava a se conhecer por aquilo que dispunha em palavras que redigia para ser. Alma precisava ser. A infância de Alma havia sido tecida pelas palavras das suas cenas, dos fragmentos de memória que a erigiu.
Alma só seria possível pelo amor que a susteve em palavras. Palavra sempre foi derivação de amor. Amor invertido, amor ressentido, amor desmedido. Alma vivia de amor e palavras para que cenas de Alma pudessem ser narradas. Palavras apropriadas pela medida de amor que a selecionava. Palavras selecionadas de e por amor, cenas memoriais. A história de Alma é perimetrada pela dimensão de amor contida na sua memória. É que memória constitui o presente também. Não há tempo para a memória, ela é todo tempo a todo tempo. Presente, passado e futuro se fundem na palavra, registro de amor. A história de Alma foi por ela redigida quando a apropriação de suas palavras passou a ser emancipação expressiva, atuação, protagonismo cênico de si mesma. Alma expressava amor. Essa foi a medida de Alma e da palavra, o amor.
Alma morria e se dava conta de que sua memória era de amor. Morria porque amava e escrevia e atuava. Alma na vida, em palavras e cenas. De amor. Alma se relacionava com o corpo. Era Alma e corpo e amor. Alma suspeitava que viver tinha alguma relação com o corpo e a palavra que registra o corpo. Para Alma as palavras entrecortavam a memória. Que era cena também. Toda essa suspeita de Alma a conduziu ao longo de sua vida. Alma em suspensão. Nunca houve pouso tranquilo para Alma. Ela vivia perturbada. Pela sua memória, é bem

verdade. Sua vida que não passava e não virava memória. Sua vida que era memória. Viver perseguida pela sua memória passou a ser a morte em vida para Alma. Aliás, Alma percebia que sua vida era feita de memória e morte. E, para que haja morte, a palavra e o amor são necessários para registrá-la. Alma tomou consciência da totalidade do amor e da memória e da palavra e quis ser iletrada, desmemoriada, desamor. Alma quis ser desalmada. Não suportava mais ser Alma. E se Alma deixasse de ser Alma. O amor pesava a memória, algoz da vida e sua possibilidade na palavra aterradora de sua carne. Sim, Alma tinha carne, corpo e sentimento. As palavras que de Alma saíam vinham de suas entranhas. Não havia palavra de Alma sem carne, sem voz. A voz de Alma era macia como seu corpo. Alma era amor e corpo. Não havia divisão de Alma. A amplitude de seu amor o era de suas palavras. A sedução de Alma vinha da atração que ela exercia sobre a memória de outrem. Alma escrevia suas palavras na vida de quem quer que fosse. De amor se fez e foi. Todo o tipo de amor não era o bastante para alma. Todo amor não era. Para o âmago de Alma o amor era tragado e se perdia. Minha vida será curta, Alma concebia nas suas profundezas. Curta em relação ao quê? Longa. Profunda. A vida de Alma era sem direção. Geometrização para quem é Alma. Quais são as dimensões de Alma? As dimensões de um corpo e de Alma. As dimensões da memória de alguém. E as profundezas do corpo, onde fica. Do corpo, de Alma, da memória.
A memória se confunde com o corpo e com Alma. A extensão de uma memória é a de um corpo. O corpo é tão desconhecido quanto a memória e a Alma. Alma não narrou sua vida até o fim porque Alma não teve fim. A infinitude da vida é a infinitude do tempo, da memória e do registro de amor que há em cada objeto. É porque para Alma uma

palavra era um objeto. Alma se relacionava com objeto, abjeto e sujeitos. Mas seu interesse estava na atuação do amor na construção cênica da vida. Tudo era incluído na composição cênica da sua vida, cujo protagonismo exercia com amor e memória. E objetos e sujeitos e amor abjetal. Alma fazia sexo com corpo e fantasia. Era protagonista da sua vida e atuava. Descobrira que a vida é movimento. Que se fazia entre ausências e presenças. Que palavra, corpo e amor compõem a memória e nos fazem alguém. Inclusive Alma. Alma não seria sem memória. Cada corpo que Alma acolheu a preencheu de palavras e vida. Palavras e cenas de amor, assim Alma inflava sua memória de vida. Até que não mais palavras havia, nem amores ou corpo. Alma morreu quando seu corpo morreu. Alma vive em palavras. Alma não morreu. A memória é totalizante. Como haveria de Alma morrer. Esse é seu desespero. Alma queria morrer. Como tudo o que é vida morre, já não há amor ou palavras na Alma morta. E ainda assim Alma não morre. Alma não morre porque nela há memória e esquecimento. Alma talvez morra no esquecimento de sua memória. Alma vive esquecida e quer morrer. Sua condenação é sua memória. Vive de palavras e amores esquecidos. Alma suspeita que morte não é fim enquanto houver memória, amores e palavras esquecidas. Enquanto houver Alma.

O erro

Se o certo na vida é a morte, eu prefiro o erro. A vida é erro. Vivemos de erro em erro porque nada dá certo. Tudo dá errado. Você fez tudo errado. Isso é um erro. Não erre. Antes fosse tudo errado, errático. Cada caminho é um erro. Erro que nos tira da errância. Erro que nos conduz a erros. Erro porque o final nunca é o bastante. Erro tão injustiçado. Como não dedicar-te esta ode. Quisera fôssemos justos contigo, erro, vida. É o erro que nos sustenta em vida. Minha vida errante, que proporciona o desconhecido. Sim. Talvez seja esse o problema, necessário, fundamental, bem-vindo. O erro é o desconhecido e o desconhecido é o medo. Faço da minha vida medo para fugir do erro, para alimentar meu desejo. Não o mato porque é ele quem me mata. Meu desejo. Morro de desejo pelo erro. Pela mulher desconhecida ao meu desejo. Que o alimenta, o erro. De viver-te, erro da minha vida. O quero. O errático. O desejo. O erro. Eu. Impotente ao viver do erro concedido a mim. O devir erro, o porvir de vida. E medo. E angústia. E erro, desperdiçado pela esterilização dos abraços. Perdidos. Esquecidos na angústia que os asfixiou. E me matou, sem vivê-los, os abraços. Medo que me paralisa diante do erro. Angústia que sufoca o desejo.

Caminho errante, distante. A distância de dois corpos é o medo do erro. Foi do que sempre vivi, de medo. Agora quero o erro, a guerra, a luta. Porque a paz é para quem não quer o amor. Para quem morre de medo de viver. Quem ama espera o erro em nome do amor. Todas as perturbações do amor. Da luta por quem se ama. Da ignorância do que é amar e esperançar pelo erro inevitável, necessário. O amor é um erro compartilhado. Um caminho sem volta. A angústia motriz. No erro o horizonte se esconde na dúvida. Quanto medo da dúvida. Quanta exasperação pelo certo. Quando dá tudo certo não tem graça. Na verdade, nada é de graça. E a verdade é um erro. O custo da vida é o erro. Fazemos tudo em nome do erro. Inocentes, ingênuos, naïves. Redundâncias de desespero para que o erro reja o engenho de invenção para que possa ser. Minha esperança por caminhos distintos, infinitos. Instintos. O nomadismo. Deslocamentos criativos. Como conceber uma vida. As contingências, os acidentes, o imponderável. A morte. Não há erro na morte. A morte é o fim de todos os erros porque ela é o fim. Por isso erramos desde o começo. Por isso toda vida que nasce é um erro desde o começo. O recomeço do erro em cada criança e tudo o que elas fazem de errado. E nos fazem sorrir. E a vida se renova em nós, no erro da criança. Que há em nós. Quando somos crianças adultas fazemos tudo de errado e não nos sentimos culpados pelos nossos erros. Como não nos sentir culpados pelos erros que cometemos. Porque a culpa no erro. Porque nos sentir culpados quando nos sentimos vivos. O prazer pelo erro no sorriso velado, quando mais belo seria escancarado. Porque a culpa. O erro contido, a morte que nos espreita, a dor que alivia, a culpa que envergonha, a angústia que me mata, o horizonte... O erro que eu quero eu não vivo. Eu não vivo. Se eu fosse vivo eu teria prazer em viver. Eu sobrevivo,

agonizo em nome do que é certo. Minha maior traição é a que faço contra mim mesmo ao fazer da minha vida um esforço pelo o que é certo. O certo é o centro e o centro está em todos os lugares. O certo e o centro são ilusões parasitárias daquelas que fazem do amor uma mortalha, daqueles. O meu lugar no mundo está em cada erro que cometo porque o são em nome do amor que me faz viver. Não há como amar sem errar.
No horizonte de quem ama só há incertezas e descaminhos. Destinos. Alguns amam até morrer. Outros matam em nome do amor. E todos morreram de amor. E vida. E erro. E dor. O medo maior é o de viver. Morrer é a única certeza que temos da vida. Ingrata. Por isso não sou grato por viver. O erro imposto como pulso da vida. Se o erro me paralisa diante da vida, a morte já está. Erro e Caos e Eros. O triangulo imperfeito. O defeito e o efeito do feito. Feitio. O jeito sem jeito. Se. Que não participa e empobrece a vida. Quanto vale um erro. Quanto tempo você tem para errar. Sentir é doloroso. É mais fácil pensar. Nas misérias contidas na ordem. Nas séries ordenadas da objetividade pálida e insensível de todos nós. Traidores do erro. Do princípio gerador da vida. Que desde sempre fora traído pela contradição com a morte. O erro é o nosso herói. Saudemos a coragem de quem erra e nos faz sentir. De quem enfrenta seus medos e nos faz mais vivos. Porque eu sou fraco. Um verme indigno da carne mais pútrida, fétida e que ainda sim é meu sustento. Vivo do enxofre primitivo da vida. Meu erro é insipiente. Minha vida é um quadrilátero mórbido. Vivo entre a vida e a morte no morno da indiferença. No purgatório do desprezo. Na deslealdade comigo mesmo. Se um dia eu errar, morrerei no mesmo instante, por não ter vivido nenhum amor. Por esperar que fazendo a coisa certa eu pudesse ter minha recompensa. Que recompensa. Não há recompensa para

quem vive. A vida se consome em si mesma. A vida consome o desejo. Contradições. Paradoxos. A insolubilidade da vida. O instante de respiro. O prazer da singularidade. O encanto no detalhe. O espanto perante a beleza. Vivo no ostracismo do amor. Derivações de palavras para além do equívoco. Rede sinonímica de fluxos sem sentido. Porque a vida não tem sentido. Porque sentir é mais vital do que sentido. Sentimento é sempre erro, por isso nos faz sentir mais vivos. Minha luta é pelo resto que sou. A paz não. A guerra, por isso o erro. Toda guerra é um erro, ameaça à vida. Ocasião para a vida ser mais bem sentida. A guerra dos corpos. O rebento, a errar.

Cena final

Palco vazio, à hora do ensaio. Sentado em sua cadeira o diretor, sozinho, em monólogo reflexivo. Aguarda o ator e a atriz.

DIRETOR: Se o teatro é a escamoteação da alma e a vida é um teatro que não permite ensaios, todas as nossas almas, em cena ou não, estão escamoteadas, vivemos o ensaio ou o ensaio em ato?

Juntam-se ao diretor a atriz e o ator.

ATRIZ: Sim, é o teatro que iremos encenar, mas como, sem alma?
ATOR: Como viver sem alma?
DIRETOR: Estou tomado pela dificuldade em estabelecer uma fronteira entre a realidade e a ficção. Esse é o desafio da cena final desse espetáculo.
ATOR: Fronteira essa que há tempos já foi superada.
ATRIZ: Afinal, quem disse que não estamos em cena agora?
DIRETOR: Admiro sua ousadia em flertar com a ficção, cara atriz. Percebo seu destemor para além da alma, caro ator.
ATOR: Sou além corpo, sou alma.

ATRIZ: Sua alma está em cena como e com a minha.
DIRETOR: É isso que espero de vocês em cena,
corpo e alma. Ator e atriz por inteiros nas personagens
que lhes foram destinadas. O teatro está nos seus rostos,
nas suas máscaras.
ATOR: Encenaremos o amor?
ATRIZ: A felicidade?
DIRETOR: E a dor e a traição e o fim.
ATOR: Queria encenar a alegria também, o contentamento.
DIRETOR: Que são exceções. A regra é o sofrimento, a morte.
ATRIZ: Será um belíssimo espetáculo!
ATOR: Acho um tanto estranho, curioso, como é possível
haver beleza no sofrimento, na dor, na morte...
ATRIZ: A beleza está na capacidade da vida em transitar,
pelo sofrimento, pela dor, pela morte... A beleza está na
transitoriedade da vida em meio à morte, na sua capacidade
de se singularizar em cada vão momento, de sorriso ou
pranto. Vivemos apesar da morte, que está à nossa espreita e
isso é uma expressão de beleza.
DIRETOR: Que no teatro colocamos em cena seja na tragédia
ou na comédia. A morte é maior, me parece que, inclusive,
maior que a vida.
ATOR: O que não nos isenta da possibilidade de
encontrarmos beleza na vida, segundo a atriz.
DIRETOR: Concordo com minha bela atriz, minha mortal
atriz, viva atriz.
ATRIZ: Viva a atriz!
ATOR: A atriz e seus encantos, sua sedução atroz.
ATRIZ: Serei toda sua nessa cena, amado meu.
DIRETOR: Cena final, por favor! Precisamos trabalhar!
ATOR: Não entendo por que tenho que morrer nessa cena.
DIRETOR: Porque na vida não há finais felizes.

ATRIZ: Nosso teatro não precisa ser realista. Se a vida imita a arte, podemos fazer da nossa arte uma subversão à vida.
ATOR: Isso!
DIRETOR: Belas palavras, caríssima atriz. Ainda assim prefiro a catarse na tragédia dos infortúnios da decadência humana. Nosso espetáculo será uma tragédia! Ele morrerá!

Sai o diretor. O ator e a atriz.

ATRIZ: Porque sempre um interdito ao amor. Por que não apenas amor, mas também dor, morte?
ATOR: Seria tão bom poder viver esse amor com você não apenas em cena, você sabe o que quero dizer, certo?
ATRIZ: Pare com seus galanteios! Sabe muito bem que os tempos são outros. Quando eu te quis, você não me quis.
ATOR: Sempre nos amamos.
ATRIZ: Eu não te amo... Temos que nos concentrar nessa cena, ela é muito importante para, enfim, concluirmos esse espetáculo.
ATOR: Como assim não me ama? Está se defendendo, isso sim. Você sempre me amou.
ATRIZ: Não é hora nem lugar para levarmos adiante essa conversa. Olha onde estamos.
ATOR: No palco, em cena. Como sempre estivemos, já que se trata da nossa vida.
ATRIZ: Pare com isso. O espetáculo é outro. Por isso temos que ensaiar.
ATOR: Ora veja. Vamos! Ajude-me a entender. Não me ama?
ATRIZ: Não entenda. Sinta.
ATOR: Sinto dor. Dói.
ATRIZ: A mim também.
ATOR: Por que isso então? Como assim, não me ama?

ATRIZ: Não sei explicar. Desculpe-me se não posso te dar essa explicação, é que não te amo, é isso... Não houve toque o bastante, seja tátil ou não. O amor que um dia houve morreu. Ele era orgânico e espiritual. Amei-te do fundo das minhas entranhas, por dentro. Não creio que haja um responsável. Amor não é dever. Não se responsabilize pela morte do nosso amor, assim como eu tampouco o faço. O amor não nos pertence, assim como a vida também não. Não temos controle sobre o amor e a vida.
ATOR: Suas palavras não explicam, mas me ajudam a sentir melhor a dor de te perder. A dor da perda do amor que ainda tenho por você.
ATRIZ: Mas que morrerá. Eu não o alimentarei.
ATOR: Como?! Nossas vidas ainda se confundem, estão entrelaçadas, entre a ficção e a realidade. Somos praticamente um.
ATRIZ: A morte do nosso amor será a ruptura e a distinção necessária entre a ficção e a realidade das nossas vidas.
ATOR: O amor é a ficção, por isso sua realidade estará sempre acompanhada pela ficção do amor. Não se pode viver sem amor e sem ficção. Se não eu, outro será seu amor.
ATRIZ: Seja. Não me furto aos infortúnios do amor.
ATOR: Da minha parte, fruir do seu amor foi minha maior fortuna.
ATRIZ: Ora, vamos. Esqueça. Mate.
ATOR: Prefiro morrer.
ATRIZ: Não seja dramático.
ATOR: Ah! E você diz isso logo para um ator!
ATRIZ: Não faça da sua vida um teatro.
ATOR: Minha vida é um teatro porque é um espetáculo. Acontece no mesmo instante em que deixa de acontecer. É

única, singular. Minha vida é um teatro porque interpreto a mim mesmo.
ATRIZ: Então interprete a dor de me perder. De ver nosso amor morrer e eu não mais estar na sua vida.

Sai a atriz. O ator.

ATOR: Ai de mim! Ai de mim! Como pode isso acontecer? Sempre fui tão dedicado ao amor, protagonista da minha vida. Logo eu, tão dedicado. Ah! Quanta ingratidão! Como pôde?! Pôde... Quisera o amor fosse compreensível. Ou melhor, ainda bem que o amor não é compreensível. Ah! O amor é uma perturbação! Inquietação! Inquietação que me anima. Paradoxo do meu infortúnio, amor. Bem poderias ser mais cuidadoso com amantes dedicados, amor. Como se o amor fosse uma entidade! Talvez o seja. O final não poderia ser outro para românticos como eu. Ator, ora essa. Talvez atores e atrizes sejam pessoas românticas mesmo, pessoas que são por inteiro apenas em exceção, em ação, em cena. Atuar é obsceno. Imagine. A pretensão de querer ser inteiro. De iludir. Por isso não pude desfrutar do amor pela minha atriz. Porque de fato não apenas eu, mas ela também, não podemos viver esse amor. Sim. Talvez seja isso mesmo, talvez ela me ame, mas diz que não me ama para esconder de si seu amor por mim. O teatro é fantasia, é a escamoteação da alma. Como amar e fingir que se vive? Como amar sem ser inteiro? Ah! Acho que essa história de ficção e realidade está me perturbando demais! Já não sei o que acontece comigo... Sinto náuseas, uma vertigem insuportável! Oh! O que acontece comigo?!

Entra o diretor.

DIRETOR: Corta! Ótimo! Chega de ensaios. Por hoje ficamos por aqui. Agora, que venha a estreia do espetáculo!

Afrodite

A ocasião faz o desejo. Assim Afrodite concebeu sua questão daquele dia. Tinha horário com seu analista no final daquela manhã, falaria sobre seu desejo. Falava sobre seu desejo na expectativa de não ser traída por ele. Era seu algoz e seu redentor. Vivia em função dele, morreria por ele, mas estava morrendo sem ele. Sem que o soubesse, evidentemente. Afrodite havia rompido as fronteiras do seu medo porque nem mesmo angústia nela se notava. Há anos fazia aquele percurso matutino rumo ao desconhecido. Que a habitava. Que era ela mesma para si mesma. O homem que a recebia era seu cúmplice nas travessias da sua existência de dor e sofrimento da alma. A pior das dores, a única dor. Ela resolvera deixar de sofrer e enfrentar a dor de viver quando inevitável fosse, e não conseguia. Sofria. E era inevitável. A dor de viver e o sofrimento. A felicidade. Um acidente em meio às dores da vida. Afrodite não vivia em função da felicidade. Apenas vivia e isso era muito para ela. Conhecera seu analista depois de uma tentativa de suicídio. Era ainda mais jovem do que naquela manhã. Estava por meses para completar décadas de agonias, sobretudo porque não via o tempo passar, era sempre o mesmo. Era uma debutante quando quis ver seu sangue verter. Sua vida estava sempre por um fio, cuja fiança era sua caminhada diária rumo à casa daquele homem, exceto aos domingos. Nesse dia a culpa era toda dela. Afrodite não tinha muito que falar, mas quando falasse teria onde e quando falar. Afrodite transitava no liame da vida e da morte. Um fio de vida era o que bastava. Afrodite mais morria do que vivia e sentia pelo fio de vida, ela e seu analista. Que não haveria como trabalhar sem sentir. Não haveria de trabalhar fazendo daquele sentimento o seu sentimento. Sentir a dor de Afrodite sem fazer dessa dor a sua dor. Porque ele tinha suas próprias dores. Era humano e como tal doía viver, tanto quanto sentir a dor de Afrodite. Corajosamente enfrentava aquela dor e vivia. Opaca. Oca. O esforço era por cores e sons no eco da sua alma cinzenta. Esse era o esforço que a energia vinda das palavras do desejo que não tinha, ditas para aquele homem, por aquele homem, sustinha em Afrodite um impulso de movimento de vida. Palavras de desejo. Toda palavra é uma expressão de desejo. Como um evento físico qualquer. Palavras registradas no átimo de matéria e espírito. O espaço entre ela e ele era preenchido de desejo, dele e dela. Afrodite chegava ao consultório antes de chegar e ele a recebia antes de sua chegada. O que era tempo e espaço diante da palavra. Para além disso, Afrodite estática perante seu desejo e si mesma. Não havia dinamismo em Afrodite e o divã de seu analista estava muito distante naquela manhã. A história de Afrodite é triste, como a de qualquer outra mulher ou homem. Afrodite era um ser humano. Esse poderia ser o dado conclusivo dessa história. Como qualquer ser humano para distrair-se de suas misérias, não apenas o narrador dessa história, qualquer ser humano inventa a si mesmo, imagina, pensa, deseja, para não sucumbir à miséria, mas acaba sucumbindo à invenção de si mesmo. Afrodite era ser humano e tinha adereços, atributos da e para sua existência. E isso era triste, mas ainda assim belo. Havia beleza na tristeza de Afrodite. A história de Afrodite é bela e triste porque trágica. Seu pai cometera o suicídio após assassinar sua mãe, tudo em nome do amor, diziam. História essa velada a Afrodite que se descobrira sem história quando ainda era uma púbere garota. Aqueles que diziam a história de Afrodite para Afrodite foram os que cuidaram dela até resolverem contar sua história para ela, como eu agora a conto para quem estiver a ler. Qual é a história de Afrodite. Alguma vida em Afrodite e muita morte, mas não o bastante para conduzir Afrodite pelos caminhos do seu nada. Afrodite mais morria do que vivia. Não queria viver, mas também não queria morrer ou o seu querer morrer não era o bastante para que de fato morresse. Queria o nada e isso era querer alguma coisa. O querer era expressão de desejo em verbo. Afrodite estranhava a si mesma porque sentia, desejava, sem saber de nada disso, apenas era impulsionada pelo seu corpo, animicamente. Vivia em sobressaltos e encontrava na figura do seu cúmplice o espaço necessário para tentar suprir e suprimir as lacunas que o desejo deixava na sua vida. O desejo na vida de Afrodite esburacava ainda mais o vazio do seu ser. Afrodite sentia-se esparramada naquilo que chamavam de realidade. Ela não entendia o que era isso. Entendia a palavra, mas isso não bastava, visto que palavra nenhuma era capaz de delinear a ideia a ser representada e ela tampouco entendia os delineamentos da realidade porque tampouco sabia o que era verdade, apenas mentiras, ilusões e parcas fantasias. Afrodite não sabia onde ela começava e onde terminava. Sentia-se em extensão em meio às pessoas e coisas. Sentia-se um caminho como se fosse atravessada por pessoas e coisas e tudo aquilo que não era nem pessoa nem coisa. Afrodite não era nem pessoa nem coisa. Não sabia o que era.

Haviam mentido para ela. Mas isso não era o pior. O pior da mentira não é a verdade que não é dita, mas as palavras que não são ditas em nome da verdade. O valor está na palavra, não na verdade. A palavra é toda verdade. As palavras que não foram ditas e que dariam o contorno necessário para que ela se soubesse, ainda que se saber seja uma ilusão. Afrodite não tinha nem ilusão naquele momento. Vivia atônita, afônica. Ela tinha apenas seu analista e mais ninguém. Porque ela não queria, porque ela não desejava. Não desejava viver porque viver pressupõe o desejo. Afrodite não queria desejar. Isso a cansava, fazia com que ela tivesse que tamponar suas lacunas causadas pelo desejo que nunca era satisfeito. Um desejo pressupõe outro desejo e assim sucessivamente, infinitamente. Afrodite pensava, por isso a vida é infinita, porque o desejo é infinito ao mesmo tempo isso explica porque eu sou finita, porque a vida é maior do que sou. O desejo era maior do que Afrodite, tanto quanto a vida. E isso a asfixiava, a vida é asfixiante. A vida em respiro é arte. Arte é ruptura da vida, uma apneia. Afrodite era afeita e feita de arte. A arte, para Afrodite, era apaziguamento em desmaio. Afrodite não conseguia fazer arte, como se arte fosse um ofício. Arte é acidente, tanto quanto a felicidade, tanto quanto a beleza e a vida acontece na contingência, nos interstícios dos encontros e desencontros, na intersecção com a morte, na asfixia do orgasmo. Que não existia na vida de Afrodite que vivia em uma redoma de morte. Asséptica ao toque Afrodite morria no abismo do nada. A morte era maior do que a vida em Afrodite. Nem medo havia em Afrodite, quase não se ouvia palavra de sua boca ou expressão nos seus olhos murchos, cansados. E isso fazia com que ela morresse, ainda que no divã de seu analista. Escolhera a psicanálise para aprender a morrer. Seu analista, por sua vez, acostumado em trabalhar com a morte, a via em Afrodite e ainda assim dialogava com ela, com a morte e com Afrodite. Ou com a morte que havia em Afrodite. Pensava, a morte habita as pessoas, tanto quanto a vida. Não sabia onde começava a morte, onde terminava a vida ou vice-versa. Pensava, a morte é o inorgânico. Por isso tentava fazer da palavra algo orgânico, para que ela fosse expressão de vida em Afrodite. Mas, e se a vida fosse também inorgânica... Talvez fosse esse seu trabalho naquele momento, ser alento em palavras para Afrodite, cuja constituição era frágil, estruturada em palavras desfiguradas, memória rarefeita, histórias desfeitas. Afrodite era rudimentar, tanto quanto os afetos sem representação que faziam com que ela estivesse, quase sempre, desvinculada do seu corpo. Talvez por isso também desvinculada das palavras, das pessoas, de si. A palavra é toda verdade e todo vínculo. Por isso não se trata de verdade, mas de vínculo e palavra. Que era ao que repulsivamente resistia Afrodite, ainda que buscasse. Mas naquela manhã não parecia buscar. Nunca parecera buscar. Os anos em que Afrodite frequentou aquele espaço foram de palavras desapalavradas e afetos desafetados. Afrodite descorporificava pessoas, desvinculava-se de si para desintegrar-se. Era uma destruição, aniquilamento. Não tinha medo, nem fome. Agonizava para adquirir forças para morrer ou matar seu corpo diante da sua alma quase morta. Enquanto o corpo não morresse a alma não morreria totalmente. Não havia libido, tampouco movimento. Homens ou mulheres para Afrodite eram assexuados, como ela. Não conseguia perceber o cheiro das pessoas. Como seus olhos eram opacos, via tudo sem cor. Era uma espécie de esbranquiçamento uniformizante que tragava pessoas e coisas no turbilhão da eliminação das diferenças. Seus olhos eram véus de morte. Na verdade, não havia homem ou mulher ou outra coisa qualquer para Afrodite. Tudo era o mesmo para ela. Sua incapacidade de distinção das singularidades suprimia sua capacidade de encantamento do mundo que está nas pessoas. Não conseguia se aproximar, dizer palavra, olhar alguém. Seu isolamento mortífero angustiava quem por perto estivesse. A sensação de estar na presença de Afrodite era a de estar na presença da morte. O que era estar na presença da morte. Afrodite não tinha problema algum de estar na presença da morte, era o que dizia. A morte é o alicerce sob o qual eu me fiz. Para quem não acreditava no potencial construtivo da morte, Afrodite era a vida que atestava a morte. O desejo é mortífero, tanto quanto a vida. A vida pressupõe a morte. Ao viver, a morte é afirmada. Talvez por isso viver fosse tão difícil para Afrodite. Não se tratava de negação da vida mas sim da morte. Como negar a morte sem que ao mesmo tempo a vida não seja negada. Vida e morte são a mesma coisa, ponderava Afrodite, que vivia de morte. Pais mortos, história morta, sem memória, alma mórbida. Ela era mais alma do que corpo. Mas o pouco corpo de Afrodite era seu esteio no mundo. Seu analista mal via seu corpo miúdo, tanto quanto a vida que havia em Afrodite. A vida em Afrodite vivia nas frestas do seu olhar fugidio ou nos movimentos involuntários do seu corpo, a autômata âncora desconhecida. O que era ter um corpo para Afrodite. Era o ressentimento para com a vida. Como a vida era maior do que Afrodite, ela se sentia submetida, impotente diante do seu corpo. Ele e ela, estranhos um ao outro. Era assim que Afrodite se sentia diante dele, seu analista. Um total estranho que despertava nela algo de incômodo que a aproximava ainda mais da morte. Era um paradoxo no qual ela obtinha algum desprazer necessário para que seu caminho rumo à morte fosse mais viável, melhor traçado. Frequentava o divã do seu analista para morrer.

Segredava a ele seu desejo de morte e ele escutava a vida que havia em Afrodite. Ela dizia uma coisa e para si mesma era outra coisa, assim como nunca sabia o que ele escutava, o que não tinha importância nenhuma visto que suas palavras tampouco precisavam sair dela para que ele as escutasse, carregada de vida ou morte. Tudo estava na presença de Afrodite, assim como na presença dele. A palavra dita também era uma forma de presença evanescente, é bem verdade, mas tudo se desmanchava, inclusive o corpo. Porque palavras, corpo, vida e morte são transições e beleza. Isso não incomodava Afrodite, nem mesmo a beleza. Não a fazia chorar, nem sorrir. Impassível Afrodite vivia sem sentir. Seu analista transitava entre a diferença e a indiferença diante dela. Sentia Afrodite, ainda que ela não o sentisse. Como sentir alguém sem ser sentido por esse alguém. Talvez por isso sentir e sentido estejam tão distantes um do outro. Sentimos sem nunca saber o sentido de sentir ou se somos sentidos. Aquele homem partia do princípio do sentir, sem buscar ou esperar algum sentido naquilo ou ser sentido por Afrodite. Não se tratava disso, já que sentir dispensa qualquer sentido, exceto os do corpo. Não há como sentir sem corpo. O corpo miúdo de Afrodite escondia a grande morte que havia nela e revelava o pouco sentir e ser sentida que ela presava. Ele não esperava ser por Afrodite, embora percebesse algum sentimento entre ambos. Era uma hipótese. Não podia acreditar que algo havia da ordem do inominável entre ela e ele. Inominável já é um nome. Queria substantivar para dar substância. Não às coisas. A si. E a ela. Uma substância é um status ontológico, um ser ou ente. O vazio de Afrodite era sem ente sem ser e sua substância era inorgânica. Como se fosse um desagrupamento sem ordem, sem órgãos, sem oriente, aleatório, caótico, disperso. Afrodite tampouco fazia questão de juntar suas partes espalhadas pelos descaminhos urbanos acidentados pela dor da sua existência. Emitir sons delineados pela sua boca, esbarrados pelas suas cordas vocais, seus dentes, língua, isso já era um esforço pelas partes de si. Pedaços de Afrodite alinhavados pelas palavras, suas e de seu analista. Quando ela conseguia sentir era como se não fosse ela, não poderia ser ela, cuja inorganicidade de si era incompatível com o afeto contido nas palavras daquele homem. Mas ainda assim era atingida, tal qual um alvo vulnerável, entregue de corpo e alma para a dinamicidade do amor. A invenção do amor passa pela fragilidade das palavras. Pela fragilidade. O amor e as palavras são frágeis, como Afrodite. A morte é forte. Por isso é sempre a morte quem vence o jogo da vida, ainda que ela carregue consigo também o amor ou porque carrega consigo o amor. Afrodite foi alicerçada no amor. Seus pais morreram por amor, por amarem em demasia. O amor leva à morte. Mentiram para ela também por amor. Quiseram poupá-la da dor do desamor. Desamor também é amor. A grande ilusão de quem ama é ignorar a face antropofágica do amor. O amor anula as singularidades diante da sua totalidade. Ele mata por necessidade de sobrevivência a despeito de quem ama. Quem ama é usado pelo amor, o ente da vida. Provar do amor é desintegrar-se na integralidade ontológica da vida ou da morte. Essa foi a experiência de amor e morte pela qual passou Afrodite. Devorada foi pelo amor e medo de viver de quem se refugiou no ente total da vida e da morte. É que viver pressupõe estar nesse liame e a dificuldade de Afrodite era a de encarar essa dor inevitável da existência que não era dela, ou que ela não queria assumir. Mas com aquele analista ela dava passos rumo a si mesma. Ao seu próprio coração inabitável, até mesmo por si mesma. Nunca percorrera sua própria carne, a que está aos seus olhos e as que se escondem para dentro de si. Afrodite nunca havia se olhado no espelho, muito menos nos olhos de alguém. Duvidava se existia por não ter uma imagem mínima de si. Sentia-se como conduzida por uma máquina que por vezes emitia fluidos que não sabia o que eram. Sujava-se sem se incomodar, era assim mesmo, tudo sem sentido, sem dor, sem nada. Tinha sensações, calor, frio, fraqueza, mas não sabia distingui-los. Feria-se e não percebia. As dores do corpo não ecoavam em sua alma. Suas dores vinham de sua própria alma. Se sentisse dor era porque a vida estava a prevalecer sobre a morte. Era por isso que seu analista não deixava de falar, sempre quando sentia que tinha que falar. Suas palavras causavam dor em Afrodite. Suas palavras tinham função física, artística, afetiva. Eram matéria e ideia e sentimento. Eletromagnetismo afetivo. O silêncio também funcionava porque havia corpos. A presença dos corpos suscitava estímulo sensorial, despertava Afrodite da letargia de Tânatos e Morpheus. Despertava Afrodite para Eros e Dionísio. Palavras essas que naquela manhã Afrodite não encontrava forças para ouvi-las. Chorava na esperança de sentir suas lágrimas sobre sua pele, a escorrer. Queria sentir a dor do desespero e seu desamparo. Alienada ao nada. Quisera fosse ter sido alienada a alguém. Afrodite queria alguém, mas não se entregava a ninguém. Porque não tinha forças, eram poucas palavras que a afetavam, poucas pessoas a olhá-la. O frio que a fazia tremer era do calor que perdera, sem ter aquecido ninguém. Morava sozinha desde que voltara do hospital, assim que assumira a maioridade da sua solidão no sangue que vertera. Não queria estar com mais ninguém. Lá, no hospital, se deu o encontro entre Afrodite e seu analista. Tudo indicava que naquela manhã viria o desencontro. Porque não há como só ganhar, perder é inevitável. Perder-se é inevitável. Afrodite frequentava o divã de seu analista porque queria se encontrar na tentativa de reconstituir a história perdida da sua vida e, por fim, perder-se nos mistérios da sua morte. Suas poucas palavras eram oriundas de combinações de traços mnemônicos em fonemas e grafias, imagens e sons de si mesma. Afrodite era posta diante de si mesma mas não encontrava a si mesma. Ela era vazada. Escorria pelos vãos da escuridão da sua alma. É como se ela fosse tomada por uma nuvem cinzenta que a tragou, a engoliu e permaneceu parada no mundo de Afrodite. Um mundo sem horizontes. Afrodite não conseguiu chegar ao divã do seu analista naquela manhã porque resolveu chorar. Seu choro era uma tentativa de se liquefazer no vazamento da sua alma. Faltou inúmeras vezes ao longo dos anos imperceptíveis pelos quais passou em atendimento. Não percebia o tempo, tampouco em seu corpo, porque não o percebia, não percebia. Quando faltava, chorava. Palavras em lágrimas. Palavras líquidas e salgadas. As palavras que faltaram a Afrodite foram aquelas que irrigariam sua alma, ainda que marcada pela desertificação do amor e da morte. Não era a verdade, nunca foi na verdade. Sempre foi na mentira. A mentira que se tornou verdade, Afrodite.

O carteiro

Acordou sentindo-se poeta. Era carteiro e poeta. Naquele dia, chuvoso e frio, acordara sentindo-se ainda mais poeta do que carteiro. Era um dia triste e por isso bonito. Não via feiura na vida, apenas tristeza e beleza. Pouco tinha medo, que vinha potencializado pela angústia do nada. Por isso vivia em meio às palavras. Para imprimir em páginas brancas a tinta da imaginação, da ilusão, da fantasia. Tinta essa delineada em palavras portadoras das esperanças por uma vida em suspensão. O carteiro que aqui vos é apresentado, caro leitor, cara leitora, troca cartas com a Morte. As da Morte para seus destinatários e as dos seus destinatários para a Morte. Dentre esses destinatários encontramos o próprio carteiro. Não era usual trocar cartas naqueles tempos, apenas com a Morte. É porque as palavras já estavam desgastadas. As pessoas falavam, falavam, falavam e não falavam nada. Tampouco liam ou escreviam. Ainda assim viviam, embora dissessem que sobreviviam. Por isso escreviam cartas esporádicas para a Morte, para sustentarem sua dívida com a vida. Palavras são necessárias inclusive para morrer ou atestar-se a Morte. Ou para que com ela um diálogo digno possa ser travado. Dignidade apenas em morte, visto que morrer nem sempre se dava de forma digna. Não creio que nosso carteiro se preocupava tanto assim com a dignidade. Ele preocupava-se sim com palavras, as suas e as dos demais destinatários da Morte, e as palavras da própria morte, evidentemente. Palavras em papel em branco com pigmentações de ilusões em desenhos, delineamentos, contornos, palavras. Nenhuma palavra supre o vazio de uma folha em branco. Há sempre um vazio, inclusive o da espera pela carta da morte. A que ele recebeu dela, da Morte, dizia

Não há vida o bastante para você,
Que vive sua vida miserável e sorri.
Sorriso sem alma,
Sem a profundidade do desamparo.

Entregue você estará a mim,
Dará o nome de vida e desolado,
Resignará sua perda na imensidão da dor da sua alma.

Eu, a morte, te convocarei para a
realidade,
Onde o calor é do frio gélido que em mim há,
Que congela e disseca a alma,
A resseca em desertificação,

Morte.

Tinha uma boa relação com a Morte. Era sobretudo respeito, e sem saber o que ou quem era sua interlocutora, a interlocutora dos vivos, ou quase-vivos, semivivos, a morte. Cotidianamente era procurado pelos quase-mortos que insistiam em viver, mas sobreviviam. Ainda assim havia diversão, distração diante das misérias da vida. Sorriam palidamente para ele e ele... Era triste, seus olhos encaravam a palidez da realidade com desesperança, com o esforço de quem almeja a beleza na tristeza, no espanto. Por vezes admirava a sinceridade dos vivo-mortos na expectativa certa da Morte. Ingênuos, a Morte é errante, não depende de vocês. A dignidade da Morte está na autenticidade do sofrimento. Integrar-se ao sofrimento e ser, morrer. Elucubrações poéticas de um carteiro. Estimulado pelos encontros de seus semimortos diários, ordinários. Morriam e diziam que viviam, no medo paralisante da Morte. O carteiro--poeta esperava por mais coragem no contato com a Morte. Havia enviado sua carta

Prezada Morte,

Na admiração súdita da vossa espectral majestade,
Venho humildemente solicitar a inestimável benção,
A unção eterna da vossa aguardada presença.

Andei errante sem que soubésseis da vossa excelsa glória,
Oh! Morte!
Sou um mero carteiro a implorar a luz que de vossa majestade irradia os caminhos de errantes como eu.

Sem morada ou uma amada por quem chorar.
Sou aquele para com quem vossa magnificência podeis confiar palavras.
O carteiro poeta, o mísero humano que vive de palavras,
O alimento da alma.

Dispondes vossa majestade de palavras, Morte?
Uma palavra, algumas palavras, um bilhete em forma de carta,
Um alento para minha alma, realeza Morte.
Ou seria realidade Morte?
Poderíeis, vós, revelar-vos?
Escondei-vos devido a vosso brilho real, Morte?
O que sei eu de vós,

E ainda assim vós prevaleceis a mim.
Rendo-me, prostro-me e espero-vos,
Para ser vosso carteiro,
O súdito das misérias humanas,
O mensageiro da esperança e da desesperança,
Do amor e do desamor,
O carteiro em forma de poeta,
O poeta em forma de palavras.

O que é ser o mensageiro da Morte? Precisaria a Morte de um mensageiro? O Hermes de Tânatos! Oh! Carteiro! Como arde a espera de sua carta! Era esse o clamor do rebanho para a Morte, os que viviam, inclusive ela. Não seria a Morte a grande questão dos que viviam? Por isso não era possível viver, para não se deparar com a Morte, com as inquietações daquela que permanece. O inorgânico e o Carteiro, a angústia da mensagem derradeira, das palavras de despedida. E se a Morte fosse orgânica? O carteiro era poeta porque ser interlocutor da Morte requer a total desesperança. Assim são os poetas, desesperançados. A alma humana revela as mais míseras desesperanças de viver. A vida, o carteiro não sabia o que era. Viver, tampouco. Trocar cartas com a Morte alimentava sua desesperança e o fazia mais poeta. Não sabia onde começava o carteiro, onde o poeta. Às vezes pensava que ser poeta é o ser de todos os míseros seres humanos. Em verdade, para nosso carteiro e poeta, os seres humanos não eram seres, muito menos humanos. Seriam seres e humanos se fossem poetas e admitissem a Morte como sua interlocutora em vida. A vida seria muito pobre se não fosse a Morte. O poeta era carteiro porque queria levar a mensagem da Morte para todos os míseros seres humanos para que fossem poetas. Para deixarem de ser partes e se tornarem um todo de humanidade, de poesia. Ser como concepção de criação, de invenção da vida. A humana é a mais rica por ser a mais miserável condição de vida dentre todos os seres vivos. Sabemos que morreremos, mesmo sem saber o que é a Morte, aquela que nos ceifa. Somos colheita do desconhecido, inquietava-se o carteiro. A condição humana é aquela que tem a ilusão do saber, essa é a sua riqueza. Quanto mais ilusão melhor era para a distração do fatídico fim, a Morte. Ou seria a Morte o começo? As mensagens do carteiro eram de poesia, sem valor algum para aqueles que não permitem a participação da Morte em suas vidas. Ainda assim o carteiro tinha vários destinatários da Morte, aqueles cujas almas eram inquietas e inquietantes para seu espírito poético. Tinha dúvidas se levava vida ou Morte para aqueles que não sabiam se viviam ou morriam. Era uma ocupação, mais do que trabalho. Um sentido para o vazio insustentável, até mesmo para o poeta que era. Ser poeta era administrar o vazio do desafeto. A intermitência da realidade, a lacuna do afeto, o desalinho dos acidentes. Viver de uma profissão seria impossível para aquele cujo vazio era constitutivo do seu ser. Profissão é esvaziamento, preferia o artesanato da poesia e as sutilezas das palavras trocadas pela Morte com quem quisesse obter dela seu desalento. Assumira desde a infância o ser poeta. Era triste, como toda criança com sua tristeza e a fantasia. Ele vivia em meio à fantasia das palavras. Sua infância era a fantasia de se ter uma fantasia, a que não tinha e a que imaginava para si e para o nada. Ser poeta passou a ser uma tentativa de completude do seu vazio quando leu Fernando Pessoa, ainda púbere, e descobriu ao mesmo tempo o espanto que um ser humano não tem para com uma flor e também que ser poeta é a desistência de qualquer completude. Ser poeta é assumir as lacunas necessárias para o afeto. Ser carteiro é dar destino às palavras do poeta. No caso,

o carteiro da Morte que entregava cartas de amor da Morte
para seus destinatários, e deles para ela.

Amada Morte,

Soube da existência de um carteiro da Morte,
Espantei-me com tal notícia,
Mas não hesitei em procurar seus préstimos,
Visto que há muito me inquieta saber algo sobre ti,
Oh! Morte! Minha amada Morte.

Permita-me tal afeição a ti,
Querida Morte.
É que sou teu admirador desde a infância.
Meu primeiro contato contigo, Morte, foi ao nascer.
Minha mãe deu sua vida a ti e não a mim,
Quando eu nasci.
Nasci e morri no meu parir, minha mãe e tu, Morte.
Conheces minha mãe? Oh! Morte!
Dona do meu destino, contingência da minha vida.
Encaro a ti como movimento, Morte.
O impulso da minha vida ao nascer foi minha mãe morrer.
A condição da minha vida foi a Morte da minha mãe.
É isso mesmo, Morte? Há uma Morte para cada vida?
Ou seria você, Morte, a entidade cósmica de toda gênese?
Tânatos contra Kaos? Cronos e Gaia? E Hades?
Kaos e Eros.
Mas também Tânatos e Dionísio e Apolo e Afrodite.
E todas as entidades de sentido na tentativa de alinhavar o devir.

Você sempre foi a intermitência das minhas inconsequências, Morte.
Dirijo-me a ti como se fosse minha,
Por isso encomendei essa carta para o carteiro da Morte.
Soube também, Morte, que o carteiro é poeta.
Acho muito excêntrico esse negócio de poeta, poesia.
Não vejo consequência entre ser carteiro da Morte e poeta.
Bom, se é assim, ele também é poeta da Morte.

Só se for a Morte dele, porque a minha me fez sangrar ao longo da minha vida.
E, se hoje escrevo para ti, minha querida Morte,
É porque quero uma aproximação contigo.

Já avisei ao carteiro que pretendo escrever outras cartas para ti.
Essa, assim como as demais cartas, é minha preparação para meu encontro contigo.
Sinceramente não sei quais são seus desígnios para mim, Morte.
No entanto resolvi, não faz muito tempo, me antecipar a ti.
Não sei também se isso é mais uma ilusão, como tantas outras que me perseguiram ao longo da minha vida.
A ilusão de ter uma mãe.
O que é ter uma mãe?
O que é ter poder sobre a vida, mesmo ao matar-se?
É a Morte que prevalece, ou seria a Vida?
Você se corresponde com a Vida, Morte?
Por favor, me responda, amada Morte.
Aguardo por suas tão queridas palavras,
Com carinho,

Por que não nutrir ternura no trato com a Morte? Era o esforço do carteiro, transformar em lirismo poético a dramaticidade trágica da Morte. Ainda que soubesse do raso espelho narcísico dos mortais em não quererem manter contato com a Morte. Uma, dentre tantas contradições humanas. O humano e o contraditório e a redundância. Como se a Morte fosse uma ameaça. E era, para os humanos. A Morte não é ameaça à Vida. Se o fosse não haveria poesia. E os humanos temem a Vida e resistem à poesia. E vivem distantes da Morte e não sustentam o amor. Agonizam no afogamento do espelho d'água de suas imagens distorcidas pelos seus medos. O carteiro sabia que a ilusão era ser carteiro e não poeta. Por isso, de agora em diante, o carteiro será chamado de poeta. Ele não se importava. Porque era poeta e porque presava as palavras dos outros. Quando se referiam a ele, mediam as palavras. Lamentava, mas era a condição de sua miserabilidade. Contentava-se, portanto, com palavras medidas, logo ele, tão desmedido, desmesurado, demasiado. Gostava do cuidado com as palavras. Sabia que era a parca herança do ser do humano. Na verdade, sabia da importância da palavra, mas sabia também que a poesia prescinde da palavra, a transcende. A poesia requer a pobreza do amor, a condição de não ter para que o humano possa ser. Tudo o mais são adereços desnecessários diante da completude poética, mas necessários diante do desespero do existir humano. Pressentia mais do que sabia, intuía. E fazia de tudo isso e a sensibilidade um meio de aproximação para com os outros. Estranhos, tanto quanto ele, um poeta. Miserável, vagabundo. Escória, vendido, incompreendido, inclusive por si mesmo. Vai viver do quê? Vou viver de quem, respondia. Vivia dos afetos dos mortos e do pouco de vida que ainda restava nas poucas palavras de que dispunha, suas e dos outros. Vivia em meio aos analfabetos dos afetos. Ler e escrever tinham a ver com haver. Que é existir e sentir. O poeta escrevia as cartas de amor dos mortais para a nossa senhora, a Morte. Tinha que ser o poeta a escrever as cartas dos desesperados mortais para a Morte. Não que eles não soubessem escrever, é que com a Morte as palavras assumem outro status, demandam mais dor e sofrimento do que sentido. Bom seria se as palavras fossem medidas pela escala de dor e sofrimento, mais própria aos humanos que subvertem as palavras tornando-as mais desumanas com conceitos e objetividades. A carga dramática das palavras está na abjeção do repulsivo da vida, a perda, sem a qual não há comunicação verbal. E era justamente isso que tornavam as palavras humanas, e ao mesmo tempo era ignorado pelos humanos. Os humanos destituíam-se de seu valor ao rejeitarem o potencial poético das palavras. O esforço do poeta era de trazer humanidade aos mortais. Escrevia e postava as palavras abjetas de sua pena. Estava condenado à pena poética, ao amor e à dor. Rima gasta pela banalização das palavras, pela desesperança do desamor, pela desafetação da abjeção na vida humana. Postar dor é colocar em curso os infortúnios e imponderáveis destinos do amor. Dar movimento à vida. Os carteiros colocam as palavras em movimento ao aproximar as pessoas, o remetente ao seu destinatário. Os poetas recriam as palavras e colocam os afetos em movimento. Fazem rebentar a vida, criam as ilusões e assumem as misérias dos limites de ser humano. No nosso caso temos um humano que conjuga em si a poesia e a destinação dela mesma, entre as pessoas e a Morte. Era solitário, tanto quanto sua principal remetente, a Morte. Que remetia a ele sua onipotência, onipresença e onisciência. A deusa Morte. É claro que se orgulhava em trocar cartas com sua majestade, a Morte. Sentia-se privilegiado, ao mesmo tempo que sabia ser a solidão o preço a se pagar pela posição que ocupava, no entre, a meio caminho, cuja referência era a Vida e a Morte. Era triste, sozinho e privilegiado. Saberia os mais profundos mistérios da Vida correspondendo-se com a Morte. Certa vez um moribundo da alma, analfabeto sentimental, recorreu aos préstimos do poeta para que nosso paladino da Morte e do amor lesse para ele as palavras da sua remetente. Como se não bastasse escrever, o poeta na sua disfunção postal por vez emprestava sua voz para a alma dos desafortunados mortais, dando materialidade às palavras imortais da Morte. O poeta era porta-voz da Morte.

Infeliz humano,

Contente-se com essas poucas palavras.
Sou sua redentora, a quem você deve seus mais infames instantes.
Cada contingência pela qual passaste e que computaste como vida,
Saiba terem sido esses imponderáveis,
A intermitência da sua vida, os acidentes da sua existência.

Esperaste grandes feitos e hesitaste ao amor.
Sofrerá a maior de todas as suas dores por ter negado seu calor àquele semelhante,
O único ser com quem poderia redimir sua mísera condição humana,
Outro humano.

Quiseste a divindade, almejaste a infinitude,
Negligenciaste a beleza da transitoriedade,
Arrogaste a perfeição que sou,
A imortalidade.

Minha condição é ímpar, posto que sou.
Minha proximidade é minha distância.
Estou inoculada em você,
Porque sou a eternidade donde erigiste,
Para que no afastamento necessário de mim
Pudesse provar do meu oposto,
Para ainda assim retornar a mim,
No vazio que sou,
Na finitude que és,
Junto donde viemos.

Morte.

A Vida era do carteiro, a Morte era do poeta. O carteiro era a ficção, a realidade era toda do poeta. Insuportável condição poética de ser. A Morte era muito grande para que no seu peito vazio ele, lá, pudesse guardá-la, para que soubesse quais palavras postar para redimir seus semelhantes da ignorância da Morte. Cada um tinha sua própria Morte, e só o poeta tinha a sua e de todos os outros. Fingia ser carteiro para poder ser poeta e corresponder-se com a Morte. E era correspondido e esquecido quando a Vida era mais procurada que a Morte. Era o que qualquer mortal almejaria, desconfia-se. Mera suspeita narcísica de quem se debate em meio a fantasias para evitar a inevitável Morte. Transitava entre os mortais de mãos dadas com a Morte. Enquanto todos a evitavam, o poeta era totalmente dedicado à Morte, que por sua vez exalava beleza e luz por onde passava. A Vida estava esquecida pelos cantos e periferia da circulação dos mortais. A Morte por sua vez relacionava-se bem com a Vida. A Vida amava a Morte que também amava a vida. Os humanos não amavam nem a Vida nem a Morte. Os humanos amavam a si mesmos, nem ao menos entre si. Viviam como se não houvesse Vida ou Morte, na vala comum do raso das suas ilusões, distantes das imaginações. O poeta sofria porque era carteiro e humano, quando queria apenas ser poeta. Mas para ser poeta era necessário ser carteiro e humano. Vivia suas contradições na esperança de desesperançar-se e deixar de ser por instantes. Chamaria isso de parênteses e faria disso poesia. As rupturas da realidade, do ser e do não ser, os átimos de felicidade, as ilhas de amparo diante da desilusão, os oásis de afeto no deserto de sequidão das almas. Supria sua solidão com as palavras desesperançadas das pessoas. Algumas as traziam banhadas em lágrimas, outros faziam delas sedução, tinham os impetuosos a manifestarem anseios revolucionários, e os desolados. Dentre esses, suicidas. O poeta era um deles. Queria vencer a Morte. Sabia que a Morte era invencível. Ainda assim fazia do seu desejo suicida sua ludoterapia cujo jogo era o da

Vida, e a Morte a regra. A exceção era o amor. Ser carteiro era ser ordinário, seriado. Ser poeta era ser o árbitro da exceção do jogo da Vida, o incitador da subversão do jogo, o portador do desregramento na exceção dos lances, sempre inéditos, por isso um espetáculo. Como haveria de ser a Vida um espetáculo se não fosse o ineditismo do Amor e da Morte? No espetáculo da Vida a Morte é protagonista, tanto quanto o Amor, enquanto o poeta é o mais miserável dos mortais e se sente privilegiado por isso. O carteiro por sua vez conjuga no ordinário da sua Vida a necessidade da Morte nas intempéries do Amor. Ser poeta era a síntese dessa conjugação, por isso era nas brechas dos desafetos que sua potência poética fazia das cartas que escrevia verdadeiras peças de fôlego de Vida, linhas de fuga da desesperança para a esperança de nada ser para acontecer algum fluxo de energia vital, de afeto, de amor. Suas cartas de amor, para a Morte.

Morte, meu amor,

Minha paixão por ti é minha causas vitae.
Vivo por ti. Oh! Morte!
Vivo de ti para mim, minha Morte de cada dia,
Minha esperança de ser e viver.

O que seria da minha Vida sem minha Morte.
Vivo porque amo e aprendi a amar ao morrer,
E morri para me encontrar contigo, para ser teu,
Poeta, carteiro, amante.

Amar é visitar sem ser convidado,
Na intrepidez da paixão, no calor dos corpos, no encontro
das almas.
A Morte era só alma para ceifar a Vida naquilo que há de mais
Intangível e singular na pobre constituição humana.

O que faz o ser um humano é a pobreza de sua alma,
Habitat do amor.
A alma humana é especial por ser tão frágil,
Na mesma proporção da fragilidade do amor e da intempestividade
Dos afetos.
Na desproporção das contradições e sua necessária presença
Constitutiva de todos nós,
Meros mortais a rastejar por um lampejo de Vida,
Na correspondência diária com a Morte,
Na fruição acidental do Amor.

O Carteiro.

Faixa amarela

A faixa amarela é a sua segurança. Foi o que escutou antes de. Segurança ou liberdade, ou. Ou o quê? Por quê? Eram muitas as perguntas, porque se permitia a pergunta. Era insegura e não queria ser segura. Não queria respostas, nenhuma seria o bastante. E as perguntas a distraía. As ideias, o conhecimento, as artes. Era tudo paisagem e vazio. Porque era alma, a sua. A medida de todas as coisas. O homem. Essa alma e a de todos os outros, para todos os outros. Porque as pessoas se repetem. As histórias se repetem porque são universais. Invariavelmente trata-se de amor. Todas as histórias são histórias de amor. O totalitarismo do amor o é da vida. Uma pessoa diante da faixa amarela resolveu desafiar seu Ego na linha do metrô, em São Paulo, no horário de pico da culpa matutina. Narciso a mergulhar nas águas rasas da sua imagem no trabalho, na servidão voluntária. Um belo dia para morrer, dissera para si mesma ao acordar, diante do espelho ilusório da sua imagem refletida, reflexo. Nunca se vira porque não haveria como se ver. A única possibilidade seria o espelho dos olhos de alguém, o lago profundo de Narciso. Mas ela se amava acima de tudo, aprendera com sua mãe que fora preterida por todos os homens com quem não se relacionou. Ela, por sua vez, também nunca havia se relacionado com ninguém, apenas consigo mesma, mesmo quando estava com alguém. Sempre estava com alguém e sozinha ao mesmo tempo, porque não conseguia se abandonar. Estava sempre consigo mesma. Sua estafa pessoal. Sua companhia inconveniente. Era inconveniente. Não sabia o que convinha, exceto se fosse algo que lhe agradasse. Queria o prazer de estar com alguém, para estar ainda mais consigo mesma. Fora o que aconteceu na noite anterior. Esteve com alguém que concedeu a ela sua companhia. Era um jovem com quem havia estado ao longo do dia. Encontraram-se no almoço, cujo prato principal era a indiferença. Um pretexto barato para que os corpos fossem consumidos, devorados pelo desejo de se satisfazerem. Consumiram-se no êxtase do desejo. Ela queria a carne. Ele era adereço. Que se estendeu ao longo daquela tarde, noite. Corpos sem alma. O corpo dela. Dois pedaços de carne a arderem no calor do desejo. Satisfizeram-se. Na ânsia de saciar seu vazio, na manhã anterior à faixa amarela, derradeira, ela havia acordado decidida a esvair-se no clímax do desejo, na condição bestial que tanto evitara, mas que era ela, que era eu e você, míseros leitores, leitoras. Era uma mísera mulher a viver seus dramas rodrigueanos de meia-idade. Mulher casada com um marido decadente e mãe de dois belos e castrados filhos bem desencaminhados na vida. Era o que não saía de sua mente ao longo daquela semana, fatídica semana em que começara com mais uma decepção diante da sua própria mísera existência. Frustrara-se cada vez mais naquilo que nunca quisera. Recordava-se constantemente dos arrependimentos incessantes que a acompanhavam desde sua juventude quando tampouco era uma balzaquiana. Transformara sua vida em uma sucessão de justificativas para si mesma, justificava-se para viver, do contrário não conseguiria. Necessitava do outro para esquecer-se das escolhas a que sua covardia a conduzira para aquele momento de fracasso, desespero, tristeza e algum mínimo de ímpeto. Era como por vezes se via diante de qualquer escolha, mesmo quando se entregava em pleno desejo aos corpos que a cercavam, quando ainda era jovem, tanto quanto seus filhos mais jovens. Aqueles que estão nas suas primeiras contagens de prazeres carnais, os limites do corpo, a experiência da extensão de si. No outro. Era o que não vivia porque não se permitia. Tinha medo. Era uma criança infeliz. Como todas as crianças, tristes. A medida do sonho de uma criança corresponde a sua tristeza. A alegria só é plena enquanto há espanto diante e no mundo. Assim fora sua infância, como a de qualquer outra criança. Triste, solitária e feliz apenas enquanto sonhava. Sonhava para esconder as dores da violência que sofria. Por ser diferente. Por ser uma criança estranha para os padrões de normalidade da mediocridade civilizacional, moral. Por estar sempre só ou enquanto estava com outros não estava. Nunca estava por inteiro. Sua sensação diante da faixa amarela é a mesma de quando esteve diante de seus filhos ou quando esteve diante de seu corpo, quando soube que era distinta porque era. Queria um encontro consigo como quando era uma criança e não sabia quem era. Era e desistira de ser. Não compreendia como tinha chegado até aquele instante. Tinha vivido demais ou nunca havia vivido. Era tudo o mesmo. Desconfiava que havia sido carregada por forças estranhas, desconhecidas de si mesma mas que se apossaram dela. Se o que aconteceu foi vida, ela havia sido possuída pela vida. Como se fossem entidades, ela e a vida. Com seus portadores. Todos os que a rodearam foram agentes da vida. Portadores de vida que concederam um pouco de vida a ela, mas também foram parasitas. Não havia como viver sem ser portador e parasita de vida. A porção parasitária de vida em nós é a morte. A morte habita a vida como se, paradoxalmente, quanto mais se vive mais se morre, ou se garante a sobrevivência da morte. Parasita inoculada da vida. Que para ela pouco ou nada importava, porque o câncer da vida, a morte, já havia se espalhado em metástase pela sua alma agora morta, daquela mulher de meia-idade, paulistana, que nada sabia de sua cidade porque o lugar que habitava era o nada. Nada sentia desde que decidira não viver. Vivia insone, tomada pela letargia da morte. Sua carne era podre. Desistira dos dramas rodrigueanos para que a tragicidade do corpo sobrepusesse as contradições da moral. A carne é tão profunda quanto a alma. Talvez a carne esconda a alma e é por isso que ela queria dilacerar sua carne, para que não sobrassem vestígios de sua alma. Seu atestado de óbito não poderia ser apenas o de sua alma morta. Causas mortis, morte da alma. Teria que verter seu sangue para que sua alma por ele se esvaísse da pouca vida que tinha. Teria que entregar seu corpo como até então nunca o havia feito, para o desconhecido. Nunca morrera nos braços de alguém, de ninguém. Sempre fez de sua alma a morada de seu corpo, quando para amar imprescindível seria entregar seu corpo para a alma de alguém. Na correspondência de sua alma e de seu corpo vivia na totalidade de sua existência imersa no seu ego, no seu corpo. Sem que o outro existisse. Nunca percebera o outro, nem ao menos na hora de morrer. Usualmente, em uma cidade como São Paulo, o metrô está cheio de pessoas deslocando-se no vazio de suas ilusões, pseudoliberdades de escolhas para suprir o nada que as cerca, a extensão vacante de matéria e tempo que chamam de vida. Mas não havia pessoas, apenas morte, inclusive entre as gentes. Aquele ferro em movimento era inanimado. Ela não percebia a pessoa que o conduzia porque não havia pessoa, apenas ferro, aço, inorgânica-cidade. Frieza. Que expelia qualquer tentativa de aproximação rodrigueana, seja do Totem ou dos filhos. Não havia Édipo, naquele instante tampouco medo havia. Culpa. Por isso era difícil viver. Como viver sem culpa? Quando a morte é maior que a vida é mais fácil viver, foi quando então ela quis, enfim, morrer. Uma vida sem interditos é vida em demasia. Insuportável para quem nunca quis viver mas sempre fora conduzida por quem queria viver, ou pela vida que queria acontecer. E aconteceu. Seus filhos queriam viver, queriam que ela vivesse. Eram parasitas, é bem verdade. E ela não os amava. Eram para ela excrecência de vida. Tudo o que remetia a vida, para ela, era abjeto. A vida era parasitária. A morte não era o verdadeiro continuum da vida. A verdadeira autenticidade estaria próxima à morte, o fio da vida. Quanto mais próximo de morrer, mais próxima de si, da mísera vida que ainda restava no calor de seu corpo mórbido, frio, pronto para cruzar a faixa amarela.

O casamento dos surdos

Você está me ouvindo? Me ouve? Escutou o que eu disse? Sentiu o som da minha voz? Está me sentindo? Ele era inseguro, não sabia se era sua insensibilidade ou a dos outros. Em especial, Ele. Sempre muito insensível e carente da sensibilidade alheia. Carente, sim, Ele. Sabes da minha sensibilidade, da minha prontidão em te escutar, ouvir seus dramas, suas dores, sua alma, Ele. Sempre sua alma a clamar por amor e morrer de amores. Ele e seus dramas, a tragédia de sua vida. Ele e Ele. O casamento de dois seres amantes, na servidão a Eros. Na cumplicidade da alma, porque eram uma só alma, uma só carne. Eros a reger o universo da alma de cada ser mortal. Ele era mortal, Eros não. Eros era eterno, Ele amava. Eros não amava porque o amor é para os homens. Eros era todo amor. Ele era finito e o amor em Ele também. Ele acabaria sendo em Ele também a perdição do amor humano, o que morre com o humano. Esse era o amor vivido por Ele. Sua disposição ao amor e sua limitação. Seria a morte a insensibilidade, a esterilidade? O que aconteceu com Ele? Não me escuta... Não me escuta, Ele? Ele não escuta e não fala porque quem não escuta não fala... Escreve, Ele? Ele? Escreva, ao menos escreva, Ele. Balbucie. Quero ouvir

sua voz, Ele. Ele não escreve, porque não escuta, ouve...
Ah! Ele! Fala comigo! Escuta-me, Ele. Ele não o escuta. Será que é Ele quem não escuta Ele? Quem não escuta quem? Ele ou Ele? Ele e Ele? Ele não sabia o que fazer sem sua escuta, sem suas palavras, nem mesmo as escritas. O que fazer sem que haja alguém como uma escuta? Não sabia o que era mais importante, falar ou escutar. Queria estabelecer um grau de importância às coisas devido a sua mediocridade, talvez sua incapacidade de escutar. O bloqueio da escuta e a insipiência do falar. Ele só falava porque escutava, escrevia porque escutava e sofria. Porque era uma ilha. Sua escuta o afastava dos outros, mal falava. Na sua insegurança não sabia se Ele o escutava. O casamento e Ele, apenas Ele. E sua escuta e não ter com quem falar. Porque Ele era ocupado, claro. Tinha que escutar, e falar, sem ter ninguém. O vazio da escuta e o silêncio da alma. O silêncio é sempre da alma. O silêncio é sempre na alma. O silêncio pertence à alma. Ele falava, falava, falava e ninguém escutava o que falava, ou quem falava. Ninguém sabia quem falava. Falar adianta? E quem não quer escutar? E quem não quer falar? Ele não vai falar porque Ele não vai escutar. Ele não vai falar. Ele não vai escutar. Ele e Ele vão viver no silêncio da alma, com a morte e suas almas. Sem palavra ninguém vive. Ele pensava que falava porque escutava. Também. Ele falava porque escutava e sentia. As palavras nascem no sentir. As palavras estão nos olhos. As palavras estão na boca. As palavras estão nas mãos. A palavra corporal. Um abraço em palavras, era o que Ele queria. Queria a palavra que fica, mas todas as palavras vão embora, como essa... A palavra que fica habita a alma de quem ama. Ele amava, a palavra ficava e depois ia embora. Nada fica. E Ele vivia da transitoriedade das palavras de quem ia e por isso morria. A morte existe porque nenhuma palavra

fica. A beleza transitória. A beleza em fragmentos. Humanos. Ele e Ele. A vida fica, Ele não. E as palavras, e Ele a esperar pelas palavras e por Ele. Pela vida possível, a dois. Sempre a dois porque sozinho ninguém vive. Três, quatro, cinco, seis, sete... Ainda que só, nunca só. Mas Ele preferia estar só, ficar só. Sua dificuldade estava não apenas em sair de si mesmo, mas de ver o outro. Escutar o outro, sentir os sons do outro, o sabor, o cheiro do outro. O corpo do outro. Seu corpo, Ele. Sente seu corpo, sente a textura da sua pele, mas no outro, Ele. O calor do corpo, Ele, você sente? Abraça-me, Ele. A Ele, o corpo, isso Ele... Sente, Ele. O sabor. Ele tem sabor? Lambe. Sente com a língua. O seu dentro, Ele. Dentro, Ele. Por dentro. Alcança dentro, Ele? O corpo, a alma, o dentro, Ele. Quero por dentro. O amor vem de dentro. A morte vem de dentro. Onde Ele começa? Onde Ele termina? E você ainda me quer por fora, Ele? Não sabe onde é meu centro? Ele, não seja medíocre... Todo corpo é uma alma. Toda alma é um corpo. Não tenho começo nem fim. Ele é Ele. Sou seu dentro e seu fora. Para Ele. Para Ele. Para quem quer que queira sair de dentro e ir para fora. Para onde não haja centro. Para onde não haja nem fora nem dentro. Para a distensão atemporal do toque. Não é o que você queria? Que fosse eterno? Sofra com a ingenuidade da eternidade, você que não suporta, Ele, a vida. A morte é necessária para que a vida tenha valor. Morrer é necessário, Ele, se for de amor, melhor... O casamento não é necessário, sobretudo se Ele for surdo. Ele é surdo e Ele também. Não o escuta, insensível, imerso na sua insegurança, no seu medo. A submersão do casamento dos surdos, na insensibilidade. A morte é precoce quando não se ama. A pior solidão é de quem não sente o som da voz nas palavras que não se espera. Palavras de vida que tocam a alma. A insustentabilidade da insensibilidade. O desespero do silêncio que não ecoa afeto. Uma vida sem palavras. Nem Ele, nem Ele, nenhum a dedicar afeto em palavras que tocam o corpo e a alma. Essa era a vida vazia que vivia Ele. Meu amor! O que você faria se só te restasse... O silêncio. Ele não viveria. Não há como ler nos olhos a vida que se sente no movimento. Na energia, no calor. Ele, como você viveria sem meu amor por você? Ele encontrou outro amor, Ela. Que sempre estivera a amá-lo, no silêncio de sua alma. Na esperança de vida que o amor traz... Ah! E eis que os espectros de Eros voltaram a manifestar-se no frio do seu medo. Eros era o movimento da alma que fazia com que Ele suspirasse. O fôlego que se perde com uma palavra. A espera, ainda que por segundos, pelas palavras que afetam, afecção da alma. A patologia da palavra. Pathos. Estou doente, minha alma adoece pela palavra que está, pela palavra que foi e a que ainda não veio. Mas de nenhuma delas Ele fará proveito, fruição, êxtase. Ele é estéril no toque. És gélido, Ele! Lamento pela sua impotência afetiva. Não ser capaz de suscitar vida em quem se aproxima, com quem se convive. Ele e Ela sempre viveram felizes para sempre. O sempre fora a morbidez depressiva, melancolia que os fez sucumbir. O sempre é o mesmo e o mesmo é o silêncio. A felicidade sempiterna da monotonia dos corpos, do ritmo cadenciado da morte dos dois que não se sabiam. Ele ou Ela ou Ele. O surdo toque de quem não tem calor nem palavras. O casamento de quem quis um esconderijo na casca pálida de uma fachada convencional, falida, covarde. Porque é sempre covardemente que se vive, Ele. Não se preocupe. Você não é o pior dos humanos. Você é Ele e Ele é você. Não há diferença entre vocês, Ele. Uma vida covarde, insensível e em eco de silêncio, tudo o que te restou foi rastejar pelas frestas da indiferença da farsa da vida que você leva. Você quis suprimir as diferenças porque não sustenta o amor, Ele. Você não aprendeu que o amor só se vive na diferença, na unidade desamparada que você é, que se ampara na diferença do outro para descobrir a sua e sofrer com o desamparo das desilusões. A vida protagonista que o amor propõe, Ele, o vínculo dos afetos. De Eros. A vida que Ele não viveu. Ela também não viveu. Ele e Ele, Ela e Ela, Ela e Ele, sem ninguém, solitários. No silêncio do desafeto, na indiferença da sombra, na angústia da impotência, na incapacidade da escuta, na ausência das palavras, no sofrimento do desamor, na saudade da separação, no desamparo da vida, na solidão.

Dionísio

Era triste, mas era a vida. Dionísio, um jovem tão vivaz, morto. Morte. A tolher o ímpeto da vida ao tomar para si o fôlego da vida de um jovem. Dionísio. Não saberia dizer a idade de Dionísio, mas era jovem. A juventude transcende os números, os homens. Porque é espírito. É do espírito de Dionísio que estou a escrever. Do fôlego de vida de Dionísio que vinha de sua alma. Seu corpo era extensão do seu espírito e pulsava vida, tinha calor, mas esfriou e a todos que com ele viviam, seguiam... Dionísio tinha um séquito de mortais prostrados diante da sua beleza. Era sublime. Um jovem dourado, um brilho irradiante em seus olhos, uma força magnetizante contida no seu corpo. Todos queriam Dionísio perto de si, mas ele era maior. Sua exuberância fazia com que tivesse homens e mulheres na sua cama dias seguidos. Percorria outros corpos como se fossem constelações de carnes sem luz. Toda luz pertencia a Dionísio. Na presença desse jovem ninguém poderia ofuscar sua beleza, digna somente dele. Mas ele era mortal e só por isso poderia ser tão belo. Sua maldição fora compartilhar da vida humana para provar das misérias que somente homens e mulheres provam, para então ser maior do que a humanidade. Homens e mulheres rastejam na mediocridade para não provarem da miséria. Porque não podem ser grandes, porque não podem ser inteiros. Somente Dionísio era inteiro, porque não rejeitou as misérias humanas. Destinou aos humanos seus desejos, esteve perto das incoerências, concedeu o caos, admitiu as limitações, trilhou nas contradições, provou dos paradoxos, sorveu da tristeza, inoculou o movimento e sorriu para a mesquinhez humana e disse

Pobre humano que sou
Quisera ser como as entidades eternas
Como o grande nada a me embalar no seu silêncio.
Mas eu sou a ruptura do nada.
Sua antítese, que não é o tudo.
Eu sou um corte na linearidade da mediocridade.
Uma contingência a perturbar a ordem, que é nada.
O nada é a esterilidade à espera da dinamicidade da energia
Do oposto da letargia, a desarmonia.
Ainda, ardia, agonia...
Não sei o que sou
Não sei de nada, do nada. Ou Donada.
Eu tenho carne, mas não sou carne.
Ou não sou apenas carne.
Mas é a carne que mais clama em mim.
Não sou medíocre porque sou carne e calor.
Sou a antítese humana, ordinária.
Ordeiro, ordinariamente, horda.
O homem e a mulher, a bipolaridade, a duplicidade, a dualidade, a dupla, dois, um, nada.
Uma fraqueza sem fim, um nada sem ninguém, um oco sem alguém para gritar e clamar por um fôlego sequer.
Não consigo ver homem onde não há ninguém.
Apenas uma horda de carnes sem movimento num deslocamento contínuo,
Reprodutibilidade letárgica, repetição do mesmo, esterilidade miserável, humana.

Oh! Humano miserável que sou! Compartilho da miséria humana.
Minha pretensa grandeza está no meu espírito, minha pobre alma
que é pura ilusão.
Se minha riqueza é minha fantasia, minha riqueza é ilusão.
Não há dignidade na ilusão.
A ilusão é mais um recurso da mediocridade humana para tornar o
Humano ainda mais medíocre.
Se há alguma dignidade própria ao humano, ela está no corpo do
humano.
Que não é homem nem mulher, é carne e calor.
Sou inteiro porque não espero por dignidade ou ilusões.
Espero pela textura do corpo, a espessura dérmica do prazer, o
fluido a Escorrer pelas entranhas, a umidade a me aquecer das
partes ao todo, O êxtase para o clímax, a pequena e total morte.
A fantasia é para a alma, a ilusão é a distração necessária para quem
Não vive de corpo, como eu.
O escravo do prazer, o senhor dos corpos,
A ruptura da ordem, o caos necessário, a ilusão nas frestas da vida.

Dionísio fazia da sua vida medíocre as contradições de uma vida humana qualquer. Sua visão sobre si mesmo era a de um deus, com d minúsculo porque era um deus humano. Não tinha a pretensão de ser um deus eterno, uma vez que esse seria um deus inumano, pobre, distinto, alheio aos prazeres humanos, conhecedor apenas dos sofrimentos humanos, cheio de sentido para aqueles que vivem sem sentido para viver e que, por vezes, nem ao menos querem sentido para suas vidas. A coerência está no caos porque a vida não tem sentido. E Dionísio vivia do não sentido. A repercussão daquilo que fazia soava desafiador para as limitações superficiais das pessoas certas. Inevitavelmente Dionísio causaria algum desconforto. Sua presença era um contraste gritante para os olhos de quem não sabia ver. A vida rasa daqueles meros mortais orientava seus olhos para o que e como tudo tinha que ser visto. Olhos domesticados, percepções arruinadas, realidades contornadas pela moralidade baixa de homens e mulheres covardes diante da tragédia humana. A tragédia dionisíaca é a da transitoriedade da beleza, a efemeridade do átimo, a instabilidade do tempo, a atuação dos corpos. O cheiro de Dionísio inebriava a alma sem que não suscitasse ardência nos corpos de quem sentia o perfume que dos seus poros exalava. A presença de Dionísio era um composto fantástico de suspensão temporal e espacial conjugada na extensão, na amplitude do seu alcance. A transitoriedade de Dionísio era seu trânsito pelo ser de quem se dispusesse a ser. Não haveria como ser sem que Dionísio participasse da desestruturação de qualquer ser. Na época de Dionísio as pessoas, desapessoadamente, já haviam desistido de esperançar por dias melhores em suas vidas. As fantasias que resistiam eram as virtualidades imagéticas estéreis de porvir, devir... Eram reproduções empobrecidas de derivações de realidades, distorcidas, perdidas, inventivas. Fantasias estruturadas, realidades desestruturadas. Dionísio era a causa das fraturas da alma. A parte que não se vê daquilo que somos está diante dos nossos olhos, que desaprenderam a ver a profundidade da pele, a imensidão dos gestos, o reflexo da nossa imagem no espelho dos olhos de quem nos vê. Olhar os olhos de Dionísio era mergulhar nas múltiplas naturezas daquilo que somos. A cegueira da alma dos medíocres mortais está em não olhar os olhos de Dionísio. O medo de flertarem com o movimento e a morte que habitam o ser de Dionísio. O humano espera sem esperançar por outro mundo, habitar. Não há habitat para o humano. Sua mediocridade é tanta, tolera a anestesia da desafetação da presença, ainda que mortífera, de outro ser pulsante. Talvez por isso uma flor é tão insignificante para homens e mulheres insensíveis, que não alcançam o pulso da vida de uma flor... O espanto da vida, a letargia e a morte são mais constantes. O continuum. A descontinuidade dionisíaca e o insustentável desejo. A procura dos corpos. O corpo de Dionísio era procurado por homens e mulheres, que por sua vez procuravam por seus próprios corpos nos corpos uns dos outros e no corpo de Dionísio. Viviam de corpos em corpos na satisfação insaciável de seus corpos. O desejo os consumia. Dionísio era quem alimentava o desejo dos pobres mortais que se tornavam escravos de Dionísio e seu séquito. Os rituais dionisíacos, a entrega humana para a licenciosidade dos corpos e a consumação do desejo, que se consome em si mesmo, consome a extensão limitada da carne e ser do humano, sem se consumir. O desejo não cessa, a vida não cessa no incessante retorno do devir, do desejo. Dionísio não escolhia as mulheres e os homens que possuía. Todos se entregavam sob seus desígnios, seu desejo. Dionísio queria ser o deus de todos os destinos, mas todos os destinos humanos seriam demais para ele. Seria a uniformidade que ele repele. A nobreza de Dionísio estava em admitir, para sua existência, seu oposto, Apolo. Apolo era irmão de Dionísio, sua outra face. Apolo era a ordem que Dionísio repelia, mas amava Apolo. Não viveria sem sua outra face, seu oposto. Ele era necessário. Belo, admirável, jovem, desejável. Apolo era tudo o que Dionísio era, sem a porção caótica de ser de seu irmão. Apolo, por sua vez, repelia seu irmão Dionísio. Para Apolo Dionísio era dispensável, sua existência ofuscava sua força, sua beleza sobrepujante impunha-se, sobressaía-se. Dionísio vivia sua errância a despeito do amor por seu irmão, o que faria dele um fraco, já que o amor é a fraqueza dos humanos e sua força. Dionísio é um deus. Regozijava-se nos prazeres carnais, entregava-se aos reles mortais que viviam

seus complexos na mediocridade de suas existências. Apolo também era medíocre, tanto quanto Dionísio, mas fazia da sua mediocridade a razão dos seus lamentos, das suas imperfeições, logo ele, aquele que deveria ser perfeito. Dionísio, por sua vez, fazia da imperfeição o caos, da carência a ânsia por mais prazer. O vazio seria suprido ainda que por outro vazio, outro corpo. Vivia na profundidade da superfície dérmica dos corpos. E fazia do seu corpo o vazio de outros corpos. Dionísio encontrara a profundidade do vazio, a semântica das contradições, o não sentido, anacronismos, antinomias, oximoros, silogismos. Suas referências epistemológicas eram os equívocos dos saberes. Não vivia segundo a razão. A desrazão era fonte de todo o seu saber. Não haveria ciência o suficiente que proporcionasse contornos lógicos para as extravagancias de Dionísio. Sua natureza era naturalizante. Ele era anterior a todo sentido, e por isso não poderia conter sentido nenhum, nada que fizesse. E, evidentemente, não poderia ser compreendido por nenhum mortal ou semideus como seu irmão. Dionísio era deus, Apolo era Deus. As prerrogativas de um deus eram a de conviver com as tragédias humanas, e Apolo estava para além de qualquer humano e suas misérias. Dionísio fazia da tragédia humana sua própria tragédia, porque ele estava aquém dos humanos.
Por viver de amor, Dionísio vivia de desamor, desatinando seus compassos, descompassando-se a cada encontro, a cada corpo, incorporando o sabor de cada homem e mulher no repertório das suas sensações, nas experiências atemporais da sua vida. Cada encontro era um sobressalto no tempo ou o seu sentido. Não existiria o tempo se não fossem os encontros dos corpos, os vínculos dionisíacos, os exageros do amor, os demasiados prazeres guardados nas trocas das secreções corporais, na umidade, no ardor, no clímax.
A grande maldição de Dionísio seria a de não se apaixonar,

de não viver o amor até morrer. Dionísio não poderia morrer de amores. Dionísio morreria apenas de corpo, nunca de alma. A alma de Dionísio era seu corpo, não vivia de ilusões, vivia de prazeres, de corpo a corpo, de orgasmos, pelo cheiro de todos aqueles que compartilhavam das desorientações de seus descaminhos. Os caminhos de Dionísio eram ruínas de desafetos corporais, os medos humanos de viverem as misérias de seus corpos teriam acidentado os caminhos de desejo e prazer que Dionísio construiu para se aproximar dos humanos. Os humanos e seus medos, medo de seus corpos, sempre escondidos naquilo que deveria ser expressividade, estilo, e que nem ao menos o é. Se ao menos fosse, seria a tentativa de suprir o vazio existencial humano diante da incompletude de seus corpos. Do prazer finito do corpo à tentativa, sempre frustrada, do prazer eterno da alma, na. Mais uma incoerência humana, contradição estéril daqueles que não se suportam e que jamais suportariam um prazer eterno. Nada é eterno para que a vida tenha algum valor, seja ele qual for e para que homens e mulheres possam fruir da sua condição miserável o valor efêmero de uma rosa. A vibração e irregularidade das cores e formas de uma flor denotam as deformidades de que somos feitos e a incompletude das nossas ilusões, a necessidade das invenções, sobretudo de si mesmo. A necessidade artística do homem está em sustentar seu dia dando contornos provisórios, inventivos para sua adoecida existência, sempre por fazer, por puxar o humano para a fatídica inorganicidade final da sua vida, não da vida. Que continuará impulsionada pela continuidade do desejo que estivera contido no rompante orgástico do coito, no rebento. Se for do espírito de Dionísio que estamos a escrever desde sempre, será ele a perdurar, por essas páginas e na insistência do beijo, ainda que apenas

enquanto saliva, e não língua ou entranha e alma. É o gesto que fica no espírito de quem estiver a ler Dionísio.
A viver seus desígnios no corpo de alguém, como ele viveu até morrer. Ao morrer o corpo de Dionísio seu espírito sobressaltou-se e percorreu as almas de seus séquitos para fazer de um deles aquele que continuaria a abençoar a humanidade com as perturbações das paixões. Dionísio não se apaixonaria, viveria de paixões fátuas, volúveis, voláteis.
A chama dionisíaca arderia nos corações de todos os mortais, como ele. Ser o portador do espírito dionisíaco era uma benção e uma maldição como a vida, que requer de quem vive a abnegação da própria vida para que a morte cumpra com o destino dela mesma, da vida. Dionísio era a síntese da vida e da morte, do humano e suas contradições. Seu irmão era a incompletude em nome da completude. Dionísio sabia que não havia completude nenhuma quando se é humano, apenas miséria, os homens vivem de miséria, fazem das suas fantasias suas fortunas e se esquecem de viver porque a vida acontece na miséria. Ainda assim não intervinha nos sonhos de Apolo. Mal vivia os seus sonhos, mal sonhava. A vida de Dionísio era todo sonho, todo caos possível para um miserável como ele. Agradecia aos deuses pela sua mísera existência e vivia da efemeridade possível, extraindo o máximo prazer possível para que pudesse ter alguma mínima ilusão, como a do tempo e a da vida, não que se preocupasse em saber o que é a vida, mas sim se vivia. Mas morria a cada encontro, a cada mortal com quem compartilhava dos átimos de fôlego, de vida, de intimidade, de prazer. E morreu ao provar dos limites do seu corpo, quando ainda tinha a irresponsabilidade necessária de quem flerta com a morte em nome da vida. Morreu de vida.
Os limites do seu corpo não foram o bastante para suportar a vida que jazia em Dionísio. Era todo corpo, todo caos, todo

vida. Em seu epitáfio assim registraram a horda de séquitos de Dionísio

Desalento, dissolução, dúvidas
Deus diabólico, deveras diletante
Dono das desesperadas dores d'alma.
Deus Dionísio, desespere Dianas, Dafnes
Donas, donos dormentes.
Dionísio, deus das desgraças
Daqueles dotados de destruição.
Dietéticas damas, demasiadamente desumanas.
Despeça dos devires dores dispensáveis,
Dote de doses desconstrutivas,
Devaneios, dispersões, desmaios.

Ditirambos de Dionísio!
Descontrole diastólico!
Deus da dança!
Donde devias devir,
Dionísio deve dividir.
Deus da devassidão
Daqueles desaparecidos dons.
Da dependência destrutiva.
Do domínio distante.
Do desejo desmedido.
Do delírio.

Doidos doentes doídos.
Deus Dionísio, donde?
Do (des)encontro,
Da (des)esperança,
Do (des)encanto,
Da (des)ilusão,
Do (des)cuido,
Da dor,
Donada.

Dionísio morrera porque era corpo. Seu espírito carecia de um corpo, poderia ser de outro jovem que se dispusesse a viver os limites da vida, para se sentir vivo. Não fora difícil encontrar um discípulo de Dionísio para nosso deus. Em verdade os séquitos dionisíacos inspiravam os seres curvos, prostrados de mediocridades, os humanos. O brilho dionisíaco era esperançado por todo aquele que vivia a rotina monótona daqueles dias. Não que a rotina fosse repulsiva, já que toda rota seria necessária, ainda que para lugar nenhum qualquer. O mono tom, esse sim, era a dissonância regurgitante para qualquer ímpeto de transformação, movimento, vida.
Não haveria contorno, não haveria melodia, distinção de contornos, formas, tonalidades... O silêncio das cores, dos sons... A miserabilidade da pobreza criativa, da inventividade da vida. Invocar a participação de Dionísio na sua vida é a maior benção que você poderá ter para sua sustentação diante de si mesmo. Sua leveza será seu peso e sua criatividade, a invenção para muitos sentidos para viver. É o que te espera ao ter Dionísio como a força motriz para viver. Da desordem, do caos, do imponderável. Das contingências da vida terás as benesses de Dionísio, será da cisão, da fissura de qualquer solidez que te sobrevenha, de lá, do rasgo da tessitura irradiará feixes de luz, energia propulsiva para o movimento humano, ingrato, porque padronizante, paralisante, agonizante. Os humanos de qualquer tempo demonstram nos seus olhos a pobreza inventiva de que padecem, pelo medo de amar e viver. Ignoram a necessidade de vínculos afetivos como força necessária para qualquer palavra. Dionísio era o deus dos afetos e das palavras. Inebriar-se na lascívia, na luxúria, na glutonaria, nos prazeres da carne só seria possível com a narrativa mínima de qualquer gesto, na fantasia coadjuvante dos ritos do corpo, dos contornos dos sentidos que sucedem

as palavras pressupostas no entorno dos corpos, na absorção do calor pelo qual clama Dionísio. Em verdade Dionísio morreu porque o calor que aquecia sua alma esvaiu-se de seu corpo e perdeu-se na imensidão de vazio que circunda todos nós. Somos ameaçados pela frieza que nos cerca, contida no vazio do peito de homens e mulheres que se esqueceram de cultivar seus corações e vivem com um oco em seus peitos, de onde emana a frieza gélida do mono tom cotidiano. A morte está à espreita, no oco peitoral de homens e mulheres rebanhos de frieza, de opacidade nos olhos, de nebulosidade dérmica, de sombreamento nos contornos de seu ser. Dionísio quis ser o deus das misérias humanas para conduzir todos para a imensidão do prazer, para as profundezas dos corpos, para a alma corporal de cada um de nós. Sempre fui grato a Dionísio, logo eu, um irmão ingrato que não soube fruir da mísera intensidade de que meu corpo fora capaz de suportar diante da grandeza do meu desejo de ser intenso como fora Dionísio, meu avesso. Viver o avesso é provar da parcialidade possível para a pretensa, almejável e ilusória fruição do todo, a parte do todo. Dionísio era meu avesso e meu todo. Apolo o avesso e todo de Dionísio. Ele sabia disso, eu não. Não que se eu soubesse isso mudaria alguma coisa. Minha ilusão de saber, minha obsessão pela razão sempre fizera de mim servo da procrastinação, um simulacro de completude, uma aparência de inteiro. Dionísio não sabia mas vivia, animicamente, freneticamente, exageradamente. Seu exagero fez do seu corpo seu prazer, sua morte. O cárcere do corpo é a alma, o cárcere da vida é corpo. A alma sempre fica, independentemente de nós. Por isso Dionísio era mais corpo do que alma, porque não queria ficar, queria passar. E continua a passar. Passou agora por aqui, inspirou essas linhas e se foi, para as próximas e próximos encontros de corpos, de prazer e desprazer para outro prazer em outro corpo, para inflar outra alma e passar para outro corpo a necessidade de manter os destinos dionisíacos para que a vida continue seu curso totalitário de poder sobre os limitados e artificiosos mortais, os seres das frestas, o rastejante séquito humano de Dionísio.

Abjetos mortais,
Não espero que sintam os poderes da minha presença,
Que está no meu corpo, que emana dos meus poros.
São muito civilizados para que possam perceber para o além-curso de seus cotidianos.
Não há ruptura na ilusória linearidade da medíocre vida que cultivam,
E se apegam a ela como se fossem o limite de suas existências.
Contentam-se com o médio,
Enquanto o nada vale mais do que a mornidão com que se contentam para viver.
Esperava que abandonassem a inútil busca por dignidade,
Para meio seres que são, enquanto buscam por um curso ético e por Uma moralidade para viverem.
Esperançava pelo caos em suas vidas, por um princípio vinculante e Inventivo para suas vidas,
Por mais sentimento e sensações corporais,
De alguma alma e mais corpo...

Não sou nenhum pouco prático

O cálculo da incerteza. Ser o que não se é. Tal imperativo postulado por aquele jovem seria de difícil realização para ele mesmo. Incrédulo das misérias humanas, ingênuo no amar. Sua concepção, sua perdição. Para ele ser seria necessário pertencer-se em meio ao não saber-se. Ser seria movimento porque o saber o é. Como ser no entre pessoas espetáculos? As representações estariam pressupostas como defesas para a vida, posto que viver seria possível em defesa não do que se é ou do que se pretendia ser, mas diante do que ele já desistira de ser. Se ao menos não fosse... De tanto defender as ilusões necessárias para não encarar suas próprias misérias, suas faltas. Haveria de ser ele também um espetáculo. Para encontrar alguém, compreensão seria dispensável, apenas sentimento. O espetáculo é sempre do sentimento. Há sempre alguma coisa de podre, de pérfido. Alguma coisa de pouco, de contenção, impedimento. A pobre ficção dos humanos que com ele viviam era a de que para ser necessário seria a retidão, a certeza. Podridão e pobreza em um só ser. Não era ele um jovem tortuoso, sinuoso, ardoroso. A necessidade de ser o que se está sendo, provisoriamente, descontinuamente, indeterminadamente. A busca por si mesmo, na perdição

de si mesmo. Saber quem se é implica no não se saber.
Esse sentimento de angústia, esse olhar perdido, vago, do desamparo. Onde está a felicidade? No desencontro do ser, não há o mesmo. Era um jovem... O problema estava nas suas instabilidades e não na sua condenação a Sísifo, sua perpétua busca pelo o que não foi. O ser é instável porque a vida é movimento e o outro é necessário.
Isso não significa que o outro inviabiliza a felicidade.
Na relação entre aquele jovem e os outros que por ele passavam nas representações espetaculares, amalgamava-se nas entranhas, perdia-se no outro. O outro se impõe representativamente, isso é inevitável, meu caro jovem. Isso não significa que as representações são necessariamente nocivas, ele vivia de aparências. Nelas ele encontraria o caminho para a felicidade. Se aquele jovem fosse alguma coisa, mas era instável. Como sabê-lo? Se a vida é movimento, em qual deslocamento por ela esse jovem foi feliz, poderia ser... Feliz? Queria ao menos ser. Diziam para ele sobre a importância de se ter alguma organização, de estabelecer uma ordem, de elencar referências para que se pudesse ter uma agenda, para que se soubesse por onde ir. Ele queria ficar ou ao menos que alguma coisa ficasse na sua vida... Nada. Ficaria. Não hesitou quando pôde ir embora. Para onde? Caríssimo jovem, saiba, todos os caminhos já foram percorridos, pouco ou nenhum inventado, perscrutado.
Se quiserdes ser alguma coisa nessa vida, ouse. Não importa, meu caro jovem, são muitas perguntas para pouco sentimento. Pensas que és alguma coisa, suas contradições te fizeram, assuma isso. Assumiria quando fosse alguma coisa, mas era tão jovem. A impetuosidade da juventude e sua volúpia. E chorava e não era nenhum pouco prático.
Como haveria de ser? Não era. Era incertezas, dúvidas

e hesitação. Inibira-se devido às descalculias dos seus sentimentos. Haveria de assumir suas incertezas para desviar das patologias e viver de sentimento, patologicamente. De fissuras e valas comuns em sua alma despedaçada. Não fazia questão nenhuma de ser. Apenas não. O negativo e sua força propulsora de caos e movimento e princípio de alguma ordem. Ou seria de vida? Ou seria a vida alguma ordem em meio ao caos e por isso tão caótica? A vida e sua porção caótica, contida, descontínua vida. Terei de me afastar de ti, me disseram. Irei me encontrar com a morte. Acho que ela é uma pessoa triste, todos choram quando falam dela, ainda que escondam suas lágrimas. As pessoas têm vergonha de chorar, talvez por isso não gostem da morte, porque não gostam de perder e choram. As pessoas sempre perdem para a morte. Era ainda mais jovem e já pressentia a gelidez da ausência da vida. O sopro que se vai sem nenhum aferimento. O que acontece quando uma pessoa vai viajar para encontrar a morte? Ela fica pouco, ela fica nada, ela acaba. Um pouco de vida, papai, eu só queria um pouco de vida para levar para a morte, ela deve ser triste, porque vive com pouca vida, ainda que queira levar toda vida para si. Uma criança enquanto jovem. Sua incapacidade de ser, sua infância. Era uma criança disfarçada de jovem, porque era um adulto para sua idade. Ninguém respeita os números, vide pela palavra. Através das palavras. Vituperadas palavras. Era criança e precisava de apenas poucas palavras para fazer seu faz de conta, sua alienação das coisas parcas, de dores fartas, um entremeio de fenômenos a retirá-la de suas orientações, sem padrões, incoerente. Inconsequente. Como espera ser alguém na vida sem ao menos crescer. Até parece que você carrega a criança desorientada que foi. Essas indeterminações assumidas nos teus devaneios não te levarão a lugar algum, nenhum. Aquele jovem sabia das suas peculiaridades, das impotências pelas quais deveria continuar passando para deixar de ser e, enfim, não ser. Para que houvesse movimento a fixidez deveria ser afrouxada diante das impotências desesperadoras de quem não sabia quem era, para onde ia, quem o acompanhava, o que são abjetos, quem era aquela criança a falar com ele, o ser prático e o ser nenhum. Queria apenas pouco. Para viver sem garantia, a verdadeira vida, a juventude, a irresponsabilidade. Desconhecia as múltiplas faces dos estares e seres e haveres de cada um com quem cruzava e se entrecortava para saber se estava vivo ou para que, por ventura, algum sopro de vida entrasse pela fresta da sua carne, no seu sangue com o assoprar da boca de sua mãe, para aplacar a dor. Mais a dela do que a dele, que chorava por não ser, pela sua inaptidão à organização, o sofrimento do deslocamento, o descentramento do pouco, o nenhum humano com quem conviver. Fora jogado para o abismo da indiferença. Aprendeu a viver do pouco de insensibilidade que ainda lhe restara diante dos inúmeros clamores de bem-aventurança pelos quais trilhou até chegar ao termo que aqui, por ora, esse jovem se apresenta. Ele, não ele, não. O não ser, o por vir, o vir a ser, será? Escreve sobre o quê, senhor? É! Você aí! Sim. Sobre o que você está escrevendo, e você, lê o quê? A pergunta deveria ser. Bom, escrevo sobre você, sobre os infortúnios de um jovem que queria ser para ser prático e se integrar, ser inteiro e viver sendo alguém, ainda que medíocre, mas para ele não, ou melhor, para você. Escrevo sobre quem. Sobre você e quem mais se assemelhe em mediocridade, medo. Desolara-se para suscitar piedade, compaixão. Seria tudo isso sentimento? O que é isso, sentimento? Ah! Meu deus! Como esse jovem haveria de ser prático em meio a tantas elucubrações para que sua vida tivesse algo dele nela. Para que fosse dele, mas como, se era compartilhada. Sua vida não é sua e nem de ninguém. É de alguém para quem permitir ser um fenômeno. Sem palavra, sem chão, sem nada. Não ser nenhum pouco. Nada. O país das quimeras é o da prática. A objetividade aquém da infantilidade, a jovialidade além da ilusão. Um jovem não é. Estira-se de corpo e alma para fixar-se e morrer, ou matar sua porção jovem de ficar nos seus próximos. Eu era um deles. Vivia nos arredores da juventude, agonizando na minha praticidade, até escrever eu escrevia. Nada percebia. A despeito da vida. Sobrevinha sobre mim o que via, e morria, ia... No meu vagar a mortalha da minha desesperança de não encontrar mais aquele jovem. De não ser, como ele não era. Ele apenas passou e também me deslocou, mas não me furtou. Minha covardia não foi o bastante para estar perto dele e sorrir para a minha ridícula existência e seguir errante pelas pradarias do amor, pelas travessias sem fim da noite e do dia, do entre no qual se transformou o pouco de vida, quase nenhuma, cultivada por mim. Eu, aquele covarde prático a praticar a distensão do tempo para causar a desordem e destilar sentimentos para o não ser que se alojou em mim. Não sei não ser. Seria melhor se supusesse alguém e um saber, mínimo. O não saber do não ser sobre o qual as palavras que usei me atravessaram para eu narrar a história trágica de um jovem evanescente, travesso, um avesso de sentimentos, que me habita. O jovem que me habita, não eu. A despretensão de ser do adulto que não existe, a criança crescida que sou no disfarce desgastado de jovem que fora, a provisória praticidade da vida em meio à desordem do ordinário e mais um pouco de.

Dentro

De mim há um imenso vazio que percorre meus limites.
Farei o possível para não sucumbir ao meu oco, afinal, é o que sou.
Vejo minha condição com bons olhos, posto que o vácuo que me assola permite com que possa provar de algum espaço onde o nada possa habitar.
Onde do nada eu possa vir a ser, surgir.
Erigir um edifício de presenças para no horizonte eu ter alguma referência e segui-la, a mim, é bem verdade.
Sempre sou eu no horizonte, estou.
Queria fazer da minha presença um algo com algum significado para mim mesmo.
Já desisti de fazer do meu dentro um limite de conteúdo.
Não há conteúdo que caiba em mim.
Em mim tudo vaza pelas entranças do meu começo e do meu fim.
Em verdade sou mais fim do que começo,
Em mentira sou mais começo do que fim.
Não tive começo nem fim porque não sei quando comecei a ser.
Não nasci, posto que número nenhum, tempo nenhum será capaz de delimitar meu tempo.
Meu tempo não existe, não há nada que possa mensurar o tempo do dentro.
O tempo e eu somos o avesso do fora, o avesso do dentro, o embrulho do nada, o pânico do inextenso, a distensão do átimo do

átomo, o infinitamente menor,
Dentro.

A quem ainda me lê. Sim, ou vocês esperavam que esse seria um livro, um registro em palavras daquilo e naquilo que jamais poderá ser alcançado. Isso é uma presença imperceptível de sentimentos incompreendidos, da incompreensão do insensível. Que tampouco me ocupo por me aproximar. Você, pessoa que está aí, agora, você está dentro de mim. O que ou quem é ou o que faz ou há um você. Dentro da minha imensidão, dos contornos de minh'alma, daquilo que se encontra em cada pigmento desses contornos desenhados por minha alma, não por mim, que não sou apenas alma, quisera fosse alma. Não escrevo, não falo com recursos técnicos gramaticais, ortográficos, caligráficos. Minha expressividade recria aquilo de que faço uso para me distanciar de você que se dispôs a me percorrer sem que eu soubesse. Para que você me encontre dentro de mim, distante de mim. Ao te convidar para o meu dentro esperava que minhas palavras fizessem de mim e de ti servos do amor e da tristeza porque não há como amar sem ser triste. O amor pressupõe a entrega daquilo que não temos e nunca teremos. Eu, que já me desesperancei do amor, não suportei a perda de mim mesmo e busquei refúgio dentro de mim, na esperança de lá me encontrar. Não houve encontro. Continuo perdido. Aqui dentro onde tudo está em suspenção você poderá fazer abrigo, encontrar o amparo que te sobra lá fora, onde tudo é ilimitado, onde eu também suspeito que se trate de um dentro. Onde estou. Estou fora, por isso você não me encontrará aqui dentro. Uma espécie de dentro que nunca permite com que eu possa provar das seduções do que há fora de mim. Por isso estou para fora. Ex. Existir para o centro, para quem quiser um toque, um calor, uma sensação de presença, de vibração, de sentir, sentidos e sentimentos. Sorrir de desespero por não saber quais são os perímetros da existência humana, para que eu saiba da minha que não sou humano. Não o sou por ter sido renegado ao ostracismo da insensibilidade bestial dos perdidos. Nunca neguei minhas misérias a ninguém, ao contrário, por isso te convidei para vir até aqui, para que juntos pudéssemos provar das secreções que escorrem úmidas das feridas que cultivei aqui sozinho, sem ninguém para pesar suas mãos curativas sobre os furúnculos pútridos da superfície profunda da minha epiderme a me revestir por dentro e por fora. Não sou um corpo, sou linhas residuais de uma silhueta esquecida por alguém que um dia viveu de amor. E morreu sozinho, porque amou sozinho. Se a morte é uma experiência solitária, por ela pertencer exclusivamente a quem morre, a vida também é uma experiência solitária. Ela pertence a quem morre, sempre sozinho, sem o exclusivo, pois vive-se na companhia de alguém ou ao menos espera-se. A vida é o duplo da morte, a morte a matriz da existência. O segredo do dentro é a morte que me habita, lá, dentro de mim. Fora não há oculto, é tudo desertificação e o real. Por isso a realidade não tem nada de real. A realidade esconde o deserto do qual somos feitos, por dentro. Por isso te convidei até aqui, para que pudesse encontrar o oásis que disseram haver dentro de mim. Alguém que um dia me percorreu e sussurrou em minh'alma a existência de um lindo oásis perdido na imersão desértica de quem nele se afogou, nos mananciais e nas tormentas do meu dentro, da alma. Disse que não sabia onde estava esse oásis, mas que lá estava para umedecer a sequidão que há dentro de mim. Disse que no lugar dos meus órgãos encontrou buracos, que meu coração era uma cavidade profunda, escura, silenciosa, vaga. Meu coração não era orgânico, órgão. Era uma máquina. Fiquei tão triste quando ouvi isso daquela pessoa. Logo eu, que sempre pensei que era orgânico, carne, sangue. Dotado de calor e capaz de transferir energia para outra carne. Encarcerei-me naquelas palavras para na minha covardia não me atrever a ter alguém dentro de mim. Por que haveria eu de permitir que alguém entrasse no meu dentro e me habitasse? Por que iria eu me abrir para alguém se eu o já tinha feito para o fora, para outro alguém? Foi o que aprendi até aquele momento. Não que eu deveria me fechar, ao contrário, ao me abrir para alguém, o faria para o fora. O outro é o fora que me devora. O escancaramento do paradoxo que sou. Deveria colher das minhas misérias a fortuna da e para minha vida. Fazer desses encontros fortuitos as ocasiões de apaziguamento que o calor do dentro em erupção arde, queima. A água daquele oásis não seria o bastante para saciar a sede do explorador do meu dentro. Não, não era uma tarefa fácil perseguir as trilhas, as sendas tortuosas, soturnas, sombrias e desertas dos descaminhos do meu dentro. Não houve quem tivesse coragem para se atrever irresponsavelmente a lançar-se por essa excursão desalmada pelo meu dentro. Intrusão do dentro. Feito um corpo estranho, todos são convidados a excursionarem-me, mas são expelidos do meu corpo, do meu oco. Meus anticorpos seriam enviados pelo meu medo para que a presença de alguém em mim fosse exterminada. Aquele oásis era a ilusão de uma proteção para quem me percorria. Era a armadilha do medo que se exilou dentro de mim e se tornou meu. Toda morte vem de dentro. As pessoas que me visitavam entravam em mim feito um projétil disparado pelas palavras que de suas almas partiam para que me fizessem sangrar, ao me atingirem e se instalarem dentro de mim. Não eram de chumbo, mas de pena, um acalanto. Que pesava. Ser amado por outro alguém pesa. Sobretudo para quem não sai de dentro de si, como eu. Que não permitia que ninguém se instalasse dentro, no meu íntimo. Tudo o que me é íntimo está dentro de mim. Para me experimentar você deverá se instalar em mim, mas no meu dentro, que pode ser minha pele, no dilaceramento profundo da minha profunda pele, é para lá que eu te convidei. Poderá me perfurar com seus sentimentos ao entrar em mim e lá se alojar. Peço para que fique com suas palavras se encontrar o oásis que disseram que existe no meu dentro. Mergulhe nesse oásis e me atravesse. É o que irá acontecer. Não tenho começo, não tenho fim. Minha profundidade é o raso do meu dentro. Sem fundo. Qualquer dentro é sem fundo porque é o avesso do fora. Por isso meu dentro pode ser visto na superfície dos meus olhos. Olhe meus olhos. Viu quão profundos são. Tão profundos são meus olhos que eles, em algum momento, perdem sua profundidade e se tornam um sem fundo totalizante, um dentro. De tão profundo que sou, acabei me tornando superfície. E quem me percorre por dentro só me encontrará por fora. Fora de mim existe uma profundidade que somente quem sorveu da água do meu oásis pôde experimentar das minhas vicissitudes. Do meu desejo, da minha descorporificação. Quem vive sem extensão no mundo passa a ser um estranho desalojado do dentro do mundo. Dentro do mundo, dentro de cada um há um mundo. Meu dentro é só mais um dentre tantos outros dentros. Quem o experimenta sempre sou eu, ainda que com convidados. A irregularidade do meu dentro. Não há linearidade, nunca houve, sou deformado porque meu dentro está a minha volta, fora de mim também. Meu dentro me extrapola. O que chamo de dentro é minha incapacidade de aproximação no entorno daquilo que seriam contornos, um espectro de limites vagos, dentro e fora. Aqueles que se aproximam de mim são os mesmos que se distanciam, me deslocam e quando vejo eu também estou distante de mim. Do ponto ex do meu começo e do meu fim. Fico com a sensação de que já morri ou se estiver vivo não saberei da minha morte. Vivo sem ter notícias de mim. É porque nunca sou eu mesmo. Meu dentro não permite o mesmo porque o fora me desaloja lá dentro. Se ao menos tivesse alguma notícia de mim teria a ilusão de algum saber do meu dentro. Meu companheiro, aquele que fará com que eu sucumba à minha imensidão, à imersão sem fôlego nas profundezas da superfície rasa do que me reveste, a aura de pavor pela atração das peles. Minha profunda superfície, minha derme, onde estava mergulhado até agora, nas camadas mais densas da minha carne, nas injunções da minha alma, na cadeia serial de insignificantes sentimentos que ando nutrindo para provar da espessura do meu dentro. Onde estivesses e como, em qual labirinto se perdeu. Mas, no meu caso, trata-se de um deserto de desafeto. A angústia que me fez te convidar para estar aqui, agora, é para que me ajude a respirar fora desse dentro totalizante em que se transformou minha vida. Nunca estive tão decidido a transitar pelos meus limites e voltar meus olhos para fora do dentro em que agonizo a cada suspiro, diante dos outros que já trouxeram vida para dentro de mim, mas que exorbitaram minha capacidade de ser amado. Nunca fui capaz de acolher amor e cultivá-lo dentro de mim, ou deveria ser fora. Essas indecisões, que vêm de dentro. De qual cavidade corporal seria. Não faço ideia, não tenho corpo. Não ter corpo, mas ter um dentro que me envolve. É porque estou dentro de você agora, que me lê, e você dentro de mim. Dentro de quem já me tirou de mim e me levou consigo para que agora me tornasse cativo, e dizem que é de amor. Dentro do amor ou dentro de alguém que não conheço, não sei quem é. Quem é você, que me tira de mim, me sequestra para o seu dentro. Estou nas tuas mãos, o que fará de mim. Continuará a me ler. Não me encontrará, porque não se encontra quem está perdido, quem está. Nunca se encontrou, por isso lê. Na esperança de ser alguém, assim como eu, com palavras que ficam e não se perdem como nos encontros, na voz. Praticar a antropofagia do amor na expectativa de exterioridades que te convençam a ser, em palavras. Não percebeste que o ser fora embrulhado pelo dentro e que a vida está lá fora. Dirás que o fora fora embrulhado pelo dentro e que não há fora. Direi que o fora fora forasteiro foragido fortuito for. Dirás do dentro. Direi do fora. Não direi mais nada porque estou a escrever e você a ler e os outros que estão fora de nós ainda que dentro de. De onde. Se tudo é dentro. Como iremos trazer para o nosso dentro o dentro que importa. O ilimitado dentro da erupção do nada. A fúria que de mim rompe é a mesma do nada instalado dentro de mim. Incontido furor, a causa do meu ser sem causa, só dentro, sem nem ao menos uma esperança, a derradeira esperança do fora. Não tenho causa porque não tenho fundo. Se não tive começo, como haveria de ter tido uma causa. As impossibilidades das singularidades do dentro que me expande é a distensão atemporal e atópica e utópica e distópica do pânico paralisante da minha inércia. Não sei o que é movimento. Sou conduzido por forças que não são minhas. Sou devedor de corpos. Vivo de pouca alma e um fragmento de energia que não sei se é corpo, alma ou outra substância qualquer responsável pelos meus infortúnios quase humanos. Dizem que ser humano é ser desgraçado. Dizem que ser humano é ser agraciado. O que o ser humano diz. Nada, ele não existe. Uma pessoa existe. Seria você ser humano. Você existe. Se ao menos pudesse me dizer. Mas, se estiver a ler, estará dizendo para si mesmo, mesma, mesmice, não sei o quê, tampouco saberão ainda que dissesse até mesmo para mim. Isso é um conto. Este livro não é meu. É teu. O que fará dele, ele está em tuas mãos. O que fará da tua vida, com tudo o que está dentro dela. Dentro deste livro um resto de minh'alma transitou e já não está dentro de mim. Passei por aqui, assim como você também passou, porque apenas podemos passar quando tudo se trata de um grande dentro que nos traga para o turbilhão das suas contradições, das suas imensidões, das profundezas dos dentros que se multiplicam dentro de cada deslocamento de carnes em formatos humanos. O humano para o humano não é carne, longe disso. Não se veria assim se tampouco se vê como corpo. Admitir um corpo é admitir a não muito distante putrefação da carne do seu corpo. Seu fedor. A carne pútrida do humano e sua desintegração, suas secreções, a gosma de moléculas, parasitas, seres habitantes que sempre estiveram dentro dos humanos que também sou, no que há de mais sórdido em ser ser humano. Nem mesmo redundâncias de seres me fariam estar próximo de uma ideia de humanidade sem as desesperadoras contradições humanas. Então preferi ser inumano. Um inumano aberto para a dor. Já que dentro de mim dói. E eu suponho que a dor participa da vida, inevitavelmente, invariavelmente, fatidicamente. Preferi assumir as dores do dentro de mim, da minha alma, suponho. Relaciono-me com meu dentro, atiro-me para o seu abismo. Rarefeito, sombrio, trevas de opacidade com medo no ar. Não há bordas que circunscrevam o dentro que vai em mim. Os contornos do interior uterino e o amparo que ele suscita. É lá desse dentro que eu falo. Minha mãe me expeliu do seu dentro. Eu não poderia habitá-la, dentro dela. Nem mesmo esse dentro me suportaria, ou eu seria capaz de suportá-lo.

Parece-me que dentro nenhum é suportável. Todo dentro é asfixiante. O útero de minha mãe só foi suportável como dentro enquanto lá eu encontrava o conforto de um dentro amparável. O amor de minha mãe foi o abrigo que seu útero pôde me agraciar. Eu não poderia continuar abrigado no amparo de um amor que me expeliu porque eu não fui mais o mesmo. Assim como me afoguei no meu oásis, me afoguei no útero de minha mãe. Não pude ser o mesmo a estar abrigado em seu útero e cresci, mesmo sendo criança, mesmo sendo infantil, carente de amor no amparo e conforto de um útero materno. Embalado por camadas de carne que me aquecem na transição fria da minha inorganicidade para o orgânico pulsante de amor no qual fui me tornando, desgraçadamente humano. Fui aquecido pelo calor do amor contido nas camadas de carnes do útero de minha mãe. Ou seria de sua alma. Suspeito que o vazio côncavo do dentro de minha mãe ficou pequeno diante do crescimento da minha carne e de minh'alma. Alma que deveria estar ao lado de minha mãe, e não no seu dentro. Minha carne deverá morrer, apodrecer, assim como a carne de minha mãe. A alma habita o dentro da carne que se desloca pelos descaminhos da errância, ao que se dá o nome de vida. Também. A vida é muito insistente para ter um nome só. Ela poderia se chamar morte. Admitamos, a vida só existe porque a morte existe. A vida não seria nada sem a morte e essa é a contradição fundamental que atravessa qualquer ser humano que queira viver. Morrer. De dentro para fora. De fora para dentro seria viver. A questão passa a ser quando começam e terminam o fora e o dentro. Circunstancialmente e em círculos. Em uma geometria assimétrica para que se esteja o mais próximo possível dos acidentes singularizantes do que estou sendo. Fluxos e feixes de descontinuidades e impermanências a transitar pelas tentativas de delimitações frequentemente impostas pelo meu medo do avesso do dentro. Fora do dentro haveria outro fora, o mesmo fora, algum fora. Se não é centro, é o quê. Fora de centro é o fora. Embora todas essas questões tenham percorrido as páginas deste livro, penso que são questões que percorrem a existência de qualquer personagem não só deste livro como o de qualquer outro livro, inclusive o livro da vida. As inquietações suscitadas pelo meu dentro suponho que sejam as que provêm do dentro da alma de qualquer pessoa. Eu, enquanto personagem em primeira pessoa de um conto, continuidade de um livro, sei que as angústias do meu dentro o são de minh'alma. Personagem tem alma. Meu vazio é a tragédia da minha vida, meu nada. Nada do que eu expus sobre o meu dentro é novidade, porque não há nada de novo entre as constelações cósmicas do universo ou minhas constelações psíquicas. E que se não há universo há um multiverso e eu estarei dentro das páginas de outro livro, e de outro, e outro. Outro ser humano, outro bicho, outra carne, outra alma qualquer que não a minha. Outra galáxia, outra célula, outro útero. Conversei com você durante todo esse tempo e nem mesmo durante houve porque não houve tempo, nem você nem eu e nem essa pessoa que me escreve. Ilusão com ilusão se igualam em uma tautologia estéril, a nadificação desértica pela qual minha alma passa e é flagelada pela carência de histórias que a sustente e não seja tragada pela incapacidade de distinção dos sons, dos contornos de figuras, dos contrastes das cores. O branco sobre o branco, a surdez das melodias que invadem os ouvidos sensíveis de quem quer que seja. A empatia para a dor de crescer e ser expelido do útero materno. Não foi minha mãe que me expeliu de seu útero. Se assim o fez foi porque eu causei a ejeção. Sou a causa das minhas próprias inquietações porque me dispus à dor. Que vem de dentro, junto com a morte, o amor, o medo, a tristeza e a alma. Fora também, mas com outras entidades, dores... Sim, tudo isso sobrevém a mim sem que eu tenha qualquer autonomia sobre. Minh'alma independe de mim mesmo sendo minha, como meu corpo. Ou não seria minh'alma. Minha morte me disse que ela é só minha, assim como meu medo, meu amor e minha tristeza. Ou eles não seriam meus. Minha morte não é minha morte. Nem ao menos ela. Até admito que minha tristeza não seja só minha. Minha tristeza quer ser compartilhada, assim como compartilho das tristezas alheias. O amor e o dentro só podem ser de quem ama e é desalojado pelos seus próprios amores e pelo seu próprio dentro, do desconforto da inexistência de um habitat qualquer.

Não sei o que se passa dentro de mim.
Não sei nem mesmo se soubesse o que passa, quem passa,
Se isso ajudaria a apascentar o dentro de mim.
Não sei se gostaria de exterminar o quem dentro.
Dói, mas eu me sinto vivo quando e é dentro.
Desconfio que possa ser o coração, mas não acredito que.
Não tenho coração.
Existe uma cavidade profunda no meu peito, dentro.
Onde era para existir.
Acho que nunca tive um coração, ou o tive.
Vivi de vazios em vazios até que um eco estridente do meu peito
Gritou, exclamou a extinção,
E fez ensurdecer minh'alma naquilo que era um clamor por algum
Sentimento.
Hesitei, já que eu mesmo esmaguei meu coração com minhas mãos,
E esqueci,
Para, entre meus dedos, encontrar o tal sentimento que nunca tive.
Ou os tive mas nunca os experimentei,
No que há de mais íntimo no experimentar e sentir.
Tive medo e se o tive, senti. Sentimento, bastardo.
Mas não provei de todos os outros sentimentos porque o medo foi

Maior. Um sentimento era.
Ele tinha mãos maiores e escondeu nelas meu coração e todos os
Outros sentimentos que um dia tive.
Meu medo de sentir e viver só não tinha mãos maiores que o meu
Dentro.
Que não poderia esconder o medo, já que meu dentro é
transparente
E faz transparecer a escuridão do meu medo.
E o meu dentro me envolveu com todos os meus sentimentos e
Entidades que se apossaram de mim,
E onde até hoje habito, nas intempéries das minhas faltas,
Nos meus desafetos, no que eu sinto, muito,

No meu dentro.

FONTE: BERKELEY
PAPEL: AVENA 90G
GRÁFICA: BARTIRA

REVISÃO DE TEXTOS: RONALD POLITO
CAPA: TIAGO FERRO
PROJETO GRÁFICO: A2
PAGINAÇÃO: A2
FOTO DA CAPA: LUIZ CERSOSIMO

NESTA EDIÇÃO RESPEITOU-SE O NOVO ACORDO
ORTOGRÁFICO DA LÍNGUA PORTUGUESA.

Dados Internacionais de Catalogação na Publicação (CIP)
(Câmara Brasileira do Livro, SP, Brasil)

Leonel, Eduardo
Fora de centro / Eduardo Leonel. -- São Paulo :
Editora Humana Letra, 2018.

ISBN 978-85-53065-01-1

1. Contos brasileiros I. Título.

18-15024 CDD-869.3

Índices para catálogo sistemático:
1. Contos : Literatura brasileira 869.3
Cibele Maria Dias - Bibliotecária - CRB-8/9427

2018

RUA INGAÍ, 156, SALA 2011
CEP 03132-080 – VILA PRUDENTE –SP
TELEFONE 29240825
EDITORAHUMANALETRA@UOL.COM.BR